의 리우데자네이루

KB150496

작가가 사랑한 도시 08

폴 아당의 리우데자네이루

초판 1쇄 인쇄 _ 2010년 7월 1일
초판 1쇄 발행 _ 2010년 7월 10일

지은이 _ 폴 아당 | 옮긴이 _ 이승신

펴낸이 _ 유재건
펴낸곳 _ (주)그린비출판사 | 등록번호 _ 제313-1990-32호
주소 _ 서울시 마포구 동교동 201-18 달리빌딩 2층
전화 _ 702-2717 | 팩스 _ 703-0272

ISBN 978-89-7682-117-1 04800 978-89-7682-109-6(세트)
이 도서의 국립중앙도서관 출판시도서목록(CIP)은 e-CIP 홈페이지
(http://www.nl.go.kr/ecip)에서 이용하실 수 있습니다.(CIP제어번호: CIP2010002320)
그린비출판사 나를 바꾸는 책, 세상을 바꾸는 책
홈페이지 _ www.greenbee.co.kr | 전자우편 _ editor@greenbee.co.kr

작가가사랑한 **도시 08**

폴 아당의 리우데자네이루

폴 아당 지음, 이승신 옮김

바다와 밤하늘 사이에 만들어진 이 빛,
그것은 자신의 미래에 마음을 완전히 빼앗겨 버린 도시의 광휘이며,
이 빛이야말로 놀랄 만한 다산의 힘으로,
그리고 위대한 나라의 도움으로 그 미래를 준비하고 있다.
— 폴 아당, 『브라질의 얼굴들』 중에서

● ● ● ● ● ● ● ●
1904년에 폴 아당은 미국 세인트루이스에서 열린 박람회를 관람하기 위해 처음 신대
륙을 방문한다. 미국에서 구대륙에서 볼 수 없는 새로운 사회와 문명이 만들어지는 것
을 경험한 그는 1912년에 구대륙이 잃어버린 꿈을 찾아 브라질을 방문한다. 그리하여
리우데자네이루, 상파울루, '부자도시' 우로프레토, 산타카타리나, 아마존 강, '고무의
도시' 벨렘 등을 여행한다.

● ● ● ● ● ● ● ●
폴 아당이 브라질의 수도 리우데자네이루를 방문했을 때, 도시는 비약적 발전을 하고
있었고, 주민들은 자신들의 삶터가 '전 세계에서 가장 밝게 빛나는' 곳이라는 자부심
에 부풀어 있었다. 그러나 그의 시선을 사로잡은 것은 해안의 수많은 가로등뿐만이 아
니었다. 리우의 태양은 도시를 황금빛으로 물들여 보석으로 변모시킨다. 혁명의 기운
이 녹아 있는 '11월 15일 광장'에서부터 아름다운 해변을 따라, 평범한 사람들의 거주
지역을 둘러본 후 코파카바나의 호화별장에 이르기까지, 폴 아당은 이 '빛의 도시'를
빛과 색채, 원근법과 감미로운 대기의 움직임에 따라 한 편의 서정적인 여행기로 그려
낸다.

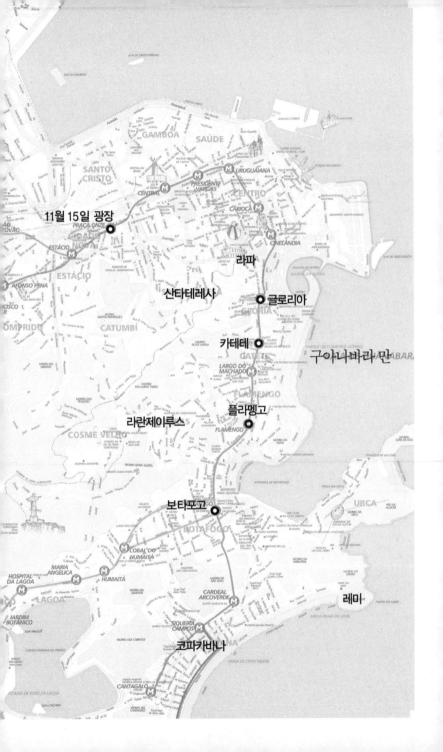

11월 15일 광장

라파

글로리아

산타테레사

카테테

구아나바라 만

플라멩고

라란제이루스

보타포고

레미

코파카바나

차례

일러두기

1 이 책은 Paul Adam, *Visages du Brésil*, Gallica, 1914에서 폴 아당이 브라질의 리우자네이루를 여행하며 쓴 기행문 중 일부를 발췌해 옮긴 것이다.

2 본문 이해를 돕기 위한 옮긴이 주 가운데 인명과 지명 등의 간략한 정보는 본문에 작은 글씨로 덧붙였으며, 좀더 상세한 설명이 필요한 내용은 각주로 처리하였다.

3 외국 인명이나 지명, 작품명은 2002년 국립국어원에서 펴낸 외래어표기법을 따라 표기했다.

4 단행본·정기간행물은 겹낫표(『 』)로, 논문·단편·곡명 등은 낫표(「 」)로 표시했다.

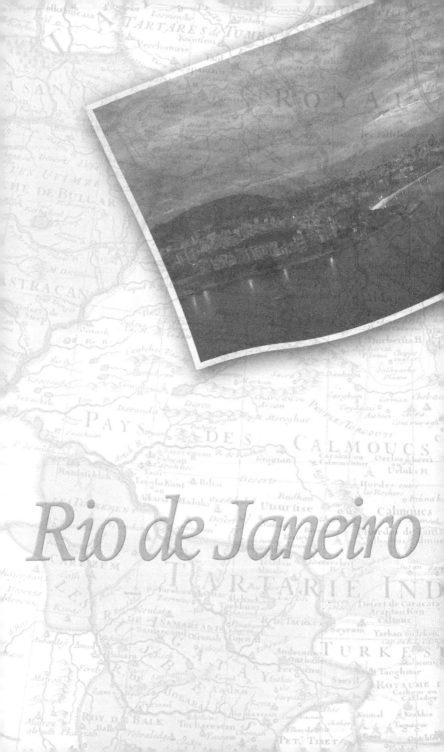

Rio de Janeiro

어둠의 푸른 심연 속에서 바다는 끝없이 여객선 주위로 흐른다. 후광으로 둘러싸인 황실 건물처럼 환하게 불을 밝힌 배에는 여러 개의 홀이 있고, 거기서 요정들이 노래한다. 바에서는 왕들이 즐기고 있으며, 세 개의 갑판 위에서는 미소년과 님프들 그리고 목신들이 희롱하고 사랑하며 춤춘다. 이들 근처 은하수의 반짝이는 잎새 아래 수많은 빛의 열매들이 달려 있다. 셀 수 없이 많은 천상의 생명들의 중심, 머나먼 태양들이 바로 이 빛의 열매들이다. 사람들이 상상할 수도 없이 빠른 이 빛의 속도를 계산하는 동안, 갑자기 저 아래쪽 바다와 하늘이 뒤섞인 곳에 희미한 빛이 나타나기 시작한다. 빛은 길게 늘어난다. 흐릿한 하늘빛 흔적이 남아 있다. 빛은 경계를 만든다. 빛은 그때까지 무한히 퍼져 나가던 대서양의 움직임을 멎게 한다. 빛은 하늘과 대양 사이의 차이를 분명하게 드러낸다. 마치 대천사가 던진 검의 빛처럼. 보라! 도저히 닿을 수 없을 것 같은 저 에덴의 입구에 빛이 보인다. 반사된 빛은 점점 잔잔한 물결의 고요함을 드러낸다. 거친 파도의 모습이 변하고 있다. 이제 빛은 점점 퍼져, 허공에 매달린 반짝이는 별빛은 사라질 것이다. 이 찬란한 별들은 다시 평범한 별이 된다. 별들 사이의 간격이 좁아진다. 별들은 둥그런 하늘 천장에 매달리고 더욱 가까워진다. 반사된 빛의 광휘 속에서.

저것은 무엇일까? 저기 인간의 기술로 사로잡힌 번갯불은 대서양 연안에 자리 잡은 수도首都의 거대한 건물들 앞과 부두, 해변, 항구, 대로들에 서 있는 수천 개의 가로등 속에서 자신들의 수많은 둥근 머리로 침착하고 사려 깊게, 도움을 주기 위해 그곳으로 오는 사람들을 기다리고 있으며, 이들은 번갯불이 시작한 문명화의 임무를 완수할 것이다. 바다와 밤하늘 사이에 만들어진 빛, 그것은 자신의 미래에 마음을 완전히 빼앗겨 버린 도시의 광휘이며, 이 빛은 놀랄 만한 다산多産의 힘으로, 그리고 위대한 나라의 도움으로 그 미래를 준비하고 있다.

사방으로 퍼지는 빛의 지평선 쪽으로 여객선은 공간을 건너뛰고 거품과 물결을 일으키며 달린다. 무희들, 가수들, 연주자들이 발코니 난간에 바싹 붙어 서서 시선을 고정하고 있다. 여행의 목적지, 희망의 목적지가 바로 저기 어둠의 끝에 보인다. 파리에서는 드레스를 고르고 극장에서 시 낭송을 경청했던 브라질 여인들, 런던 재력가들의 살롱에서 미소 짓고 즐거워했으며, 포르투갈과 스페인, 그리고 이탈리아의 박물관에서 선조들의 삶을 그린 초상화를 보며 즐거운 시간을 보낸 여인들. 모두 부푼 가슴을 안고 자신의 조상들이 정복했던 도시로 돌아오고 있다. 유럽의 경제학자들과 동맹을 맺고, 지상의 생산물을 자신들의 의지

대로 변형시키는 놀라운 기계를 구입하거나, 지중해 기술을 교육받은 유럽 엘리트들의 생각에 자신의 새로운 생각을 제시했던 남자들. 이들은 앞으로 실행에 옮길 일과 효과적인 의견으로 머리를 가득 채워 돌아온다.

진줏빛 밤하늘과 바다에서 흘러나오는 파도 소리 사이, 저 아래 펼쳐져 있는 푸른 빛의 반짝임은 이러한 추억과 이러한 희망에 무엇을 약속하는가? 두 시간 동안 항해는 계속된다. 사람들은 저 멀리 귀환의 땅에 인사를 건네며 빠뜨린 것이 없는지 살핀다. 어머니들은 자녀들이 눈을 크게 뜨고 자신들을 기다리는 상상을 한다. 북부 스칸디나비아나 독일, 그리고 라틴 나라들에서 사업 계획을 가지고 오는 사람들, 전도사들, 부를 일구려는 욕망을 가진 사람들, 호기심 많은 여행객들은 대양의 수평선에서 곡선을 그리고 있는 빛의 번쩍임에 놀란다. 그리고 이 빛은 뱃머리 쪽으로 여행자의 희망을 향하여 의기양양하게 돌진한다.

마침내 어둠 속에서 군데군데 불빛이 보이고, 아직은 보이지 않는 큰 도로의 가로등이 짙은 푸른빛 하늘을 둘러싸고 있는 구릉지의 해안 앞에 많은 것들이 모습을 드러낸다. 수로를 통해 여객선은 하늘로 비스듬하게 솟아 있는 거대한 바위 '팡데아수카르'Pão de Açucar, 리우데자네이루에 있는 산 옆으로 미끄러져 들어와서는 철근과 콘크리트로 덮인 요새, 거대한 바위를 스쳐 지나간다. 그러자 도시의 장식 전체가 움직인다. 그리고 도시는 전기로 만든 보석으로 건축물과 대성당, 탑, 내해를 따라 끝없이 늘어선 대로들의 선을 점처럼 그려 낸다. 내해에는 돛단배들이 가득하고, 산기슭과 갑의 끝자락에 흩어져 있는 반대편 해안의 섬들에는 번쩍거리는 시가지들이 많이 보인다. 100여 채의 증기선들이 불을 밝히고 이 항구에서 저 항구로 사람들을 실어 나른다. 이 배들이 등대 불빛으로 물든 파도를 가르는 반면, '드레드노트'장갑함의 탐조등은 자신들의 빛으로 어두움을 쓸어가 버린다. 배에서는 환하게 불을 밝힌 공장들이 이어져 있는 동쪽 만灣과 잔교棧橋가 보이고, 그 뒤로 활발하게 전차가 움직이는 해안가가 드러난다. 북쪽으로는 선거선박의 건조나 수리, 짐을 싣고 부리기 위한 설비 앞 대로와 밧줄에 매인 선박의 굴뚝 뒤에 있는 부두, 서쪽으로는 작은 공원들마다 수백 개의 전기 달이 떠 있는 여러 거리의 건축물들이 보이는데, 이 전기로 만든 달은 우아하게 산책하는 사람들을 비추고 있다.

"리우야말로 전 세계에서 가장 조명이 밝은 도시예요. 그렇지요?" 브라질 사람들은 이렇게 말하기를 좋아한다. 곧이어 미소를 지으면서 이들은 도시의 호화로움이 당신에게 보석의 사치를 떠올리게 하지나 않을까 염려한다. 그 때문에 자신들의 선조들이 그토록 자주 비난을 받았었던 것이다. 이들을 안심시켜야 하는 이유는 화려한 외양에 수상쩍은 호사를 부리는 **이방인**처럼 보이지 않기 위해서인데, 이들은 그런 사람들을 불안해하기 때문이다. 당신이 아무리 진지하게 찬사를 보낸다 해도, 파리 사람 특유의 화법으로 비꼬고 있다는 것을 숨길 수 없지 않을까? 조심하시라. 그들이 성공할 것이라는 말을 너무 많이 하지 말 것. 그런다면 브라질 사람들은 무례하다고 생각할 것이다. 정중한 태도를 가지고 있음에도 불구하고 그들은 반격을 해올 것이다. 그렇다고 해서 지나치게 비난하지도 말 것. 과학의 경이로움에 대한 그들의 극단적인 신뢰를 비웃지 말 것. 어깨를 으쓱한 후, 그들은 당신들이 '뒤쳐졌다'고 생각할 것이다. 보건성 공무원들로부터 자유롭게 입항할 수 있다는 허가서를 가지고, 당신들을 최고로 잘 맞이하기 위해 여객선까지 모터보트를 타고 와서 당신에게 인사를 건네는 정말 친절한 이 사람들을 위해, 지금부터 바로 당신이 할 말을, 가능하다면 침묵을, 준비해야 한다.

당연한 일이겠지만 이곳의 꼼꼼한 의사들은 페르남부쿠 Pernambuco에서 승선한 세 가족의 서류를 조사한다. 비록 먼 과거의 일이 되어 버렸다 해도, 완벽한 위생상태를 유지하고 있는 리우에 이 가족들이 열병을 가져올지도 모르기 때문이다.

한편 '론치'돛을 단 소형보트, 행정용 모터보트, 증기 거룻배, 소형 돛단배와 노를 젓는 배 등, 작은 호화 보트들이 속력을 내며 소란스럽게 다가온다. 밀짚모자와 펠트모자, 그리고 색색의 부채나 흰 장갑을 낀 손을 흔드는 수많은 가족들로 가득 찬 선체와 함께, 녹색과 빨강 불빛이 물결 위에서 춤춘다. 신호가 울리

자 갑자기 덮개가 있는 배와 보트 선단 전체가 여객선 옆에 집결한다. 여기저기서 사람들이 서둘러 일어나고 배에서 배로 건너뛴다. 사다리 쪽으로 가기 위해서다. 최고로 호화로운 모자를 쓴 여성들, 깃털 장식이 달린 모자를 쓴 여성들, 검은 머리칼의 여성들은 친척이나 자녀들의 도움을 받으며 뛰어간다. 그런 다음 빠르고 솜씨 있게 사다리를 올라간다. 살롱과 홀 한복판, 그리고 이미 작은 짐들이 보이기 시작한 갑판 위에서 기쁨의 탄성이 들려 온다. 그러는 동안 기중기가 선창으로부터 세 줄 쇠사슬로 묶인 수십 개의 트렁크와 상자들을 꺼낸다.

리우에 도착하다

가족들은 돌아온 탕자들을 껴안는다. 아내와 남편이 포옹한다. 친구들과 사촌들은 손바닥으로 서로의 등을 두드린다. 이것으로 브라질식 우정을 나타낸다. 여기 리우 사람들의 얼굴, 두터운 띠를 두른 소녀들의 갸름한 아름다운 얼굴이 있다. 여기 포르투갈 사람들의 눈, 아랍 사람들의 눈, 과라니Guarani 인디언들의 눈이 있다. 벨벳처럼 부드러운 속눈썹 사이에 검고 순하게 보이는 큰 눈들. 여기 꽉 죄는 드레스 속에 사춘기 소녀들의 우아한 몸매가 눈에 띈다. 상복을 입은 할머니들 같은 기품이 엿보인다. 풍만한 가슴의 소녀들, 하얀 목의 소녀들, 솜털이 보송보송한 팔을 드러낸 소녀들, 팔꿈치까지 장갑을 낀 소녀들. 모두 탄탄한 몸매에 온갖 종류의 치장술을 보여 주고 있다. 인도의 진주와 브라질의 다이아몬드가 살짝 화장을 한 귀에서 반짝인다. 이러한 여왕들의 깃털이 장식된 모자들 사이에서, 신사들은 다시금 근엄해진다. 이들은 이미 16세기 구아나바라 만Baía da Guanabara에 십자가를 세우기 위해, 아메리카 식인종들을 개종시키기 위해, 수도사들과 함께 상륙한 '피달고'포르투갈의 하급귀족들의 준엄한 얼굴로 돌아가 있다. 이 신사들은 격식을 갖추어 도착한 여인들의 손가락에 입을 맞춘다. 이들이 서로 인사를 나눈다. 명함을 교환한다. 간소하고 별다른 특징이 없는 새 옷을 입고 있지만, 무척 넓은 소맷자락은 도자기처럼 빛난다. 이들은 구아나바라 만을 가로질러 파루 부두 선착장까지 당신들을 데리고 가서 칠이 잘 되어 있는 자신들의 작은 보트에 태운다. 부두에는 두번째 환영 인파가 나와 있다. 수많은 친절한 사람들, 환하게 불을 밝힌 리카니아 나뭇잎 아래, 꽃다발을 손에 들고 있는 또 한 무리의 친구들. 전기 달의 후광 속에서 흰색, 분홍, 파랑 드레스를 입은 물라토Mulato 여인들이 감탄사를 연발한다. 곧 안내하는 이들이 당신에게 과거 황궁이었던 곳을 가리키는데, 그곳은 이제 전신국으로 바뀐 곳이다. 그런 다음 자동차의 비상이 시작되고, 포르투갈인 또는 물라토 운전사가 능숙하게 매우 빠른 속도로 운전한다. 상쾌하게 '11월 15일 광장'Praça Quinze de Novembro 공원들을 지나친다. 전차들이 멈춘다. '부수차'附隨車처럼 완전히 개

방되어 있어서 재미있는 볼거리를 제공한다. 얌전하게 앉아 있는 젊은 흑인 여성들, 예쁘게 리본 장식을 한 물라토 여인들, 잡지를 열심히 읽고 있는 사람들, 우아하게 보이려고 애쓰는 청년들, 전차의 후미 플랫폼에 베이지색 제복을 입고 뻣뻣하게 서 있는 아프리카 병사들. 전차는 백과사전파인 티라덴테스*가 투옥되었던 옛 감옥의 세 단짜리 낮은 계단을 스친다. 1792년 그는 이곳에서 프랑스혁명의 원칙을 선언하려 한 혐의로 처형되었다. 건물의 형태는 매우 단순하지만, 바로 거기서 영웅에 대한 추모의 마음을 가진 2백 명의 연방정부의 국회의원들은 광대한 브라질의 국토에 살고 있는 2천만 명의 국민들에게 필요한 법을 채택하기 위해 열심히 의견을 교환하고 있다. 길 양옆으로 아치형 아케이드의 상점에는 과일이 쌓여 있고, 고기가 걸려 있으며, 통조림으로 가득하다. 선반에는 늘어서 있는 술병들이 보이고, 엄청난 콧수염을 자랑하는 포르투갈 상인들도 보인다. 어떤 이들은 검정색 면 셔츠를 입고 털이 난 팔까지 소매를 걷어붙이고 있어서 상중喪中임을 알 수 있다.

---

* 브라질의 혁명가. 본명은 실바 샤비에르(Silva Xavier, 1746~1792). 포르투갈인 아버지와 브라질인 어머니 사이에서 태어났다. 어린 시절 부모를 여의고 여러 직업을 전전하는 가운데, 치과의사를 했던 경력 때문에 '티라덴테스'(Tiradentes, 치과의사)라는 별명으로 불리게 되었다. 당시 금광을 비롯해서 식민지 브라질의 자원을 수탈해 가고, 막대한 세금으로 브라질인을 괴롭히는 포르투갈에 대항하는 봉기에 참여했으나 실패로 돌아가고 처형당했다. 훗날 브라질이 공화국으로 독립하게 되자 건국영웅으로 추앙받게 되었다.

그런 다음 브라질의 자랑, 거의 텅 비어 있는 아베니다 리우 브랑쿠Avenida Rio Branco가 넓은 전망을 드러낸다. 이 거리는 프랑스의 오페라 대로와 유사하지만 건물의 높이가 좀더 낮으며, 스타일도 덜 획일적이다. 아베니다 리우브랑쿠는 고전주의 스타일의 건물인 보자르 박물관Museu Nacional de Belas Artes, 현재는 국립박물관과 국립도서관Biblioteca Nacional 등, 매우 단순하게 열주로 둘러싸인 건물들이 있는 곳에서 끝난다. 차들이 조용히 지나가는 위풍당당한 차도를 건너면, 맞은편에 현대식 스테인드글라스와 난간과 기둥이 있는 테라스, 장식이 된 낮은 층계가 있는 시립극장이 빛을 발한다. 측면에 있는 문으로 들어가기 위해 화려하게 불을 밝히고 윤을 낸, 잘 꾸민 자동차 행렬이 늘어서 있다. 왕관을 쓰고 궁정의 망토를 걸친 여왕들과 연미복과 모자 달린 망토를 입은 세련된 멋쟁이들의 보석상자 같은 자동차들 사이에서 손에 경찰봉을 꼭 쥔 물라토 경찰들, 이들은 검은색 장식 끈이 달린 검푸른빛의 망토형 제복과 러시아풍 제모, 색색의 줄무늬가 있는 넓은 소매의 옷을 입고 당당하게 교통정리를 하고 있다. 이웃 나라에서 수많은 사람들이 천장을 왕관 모양으로 둥글게 만든 이 건물로, 기트리프랑스의 배우가 폴 에르비외프랑스 극작가이자 소설가의 작품을 연기하는 것을 보러 온다. 좀 작지만 이 건물은 프랑스의 국립음악무용아카데미와 비슷하게 생겼다. 이러한 행렬을 오른쪽에 남겨 두고, 웅장한 건물과 몬로에 궁Palácio

Monroe 사이의 부두 너머로 바다가 펼쳐져 있는 것이 보인다. 몬로에 궁은 흰색의 외딴 건축물로서 18세기풍의 원주, 고대풍의 계단, 인조석, 달걀 모양의 장식, 화환 무늬의 잎새 장식, 갸름한 채광창, 매력적인 경관을 향하여 열려 있는 높은 창 등을 지나칠 만큼 많이 갖추고 있다.

그곳은 리우 만보다 조금도 못하지 않으며, 저 멀리 높은 산들이 보이고, 동쪽에는 주택단지들이, 그리고 그 끝에는 니테로이Niterói의 불빛들이 보인다. 십자가 곶과 팡데아수카르 사이로 먼 바다에서 달려온 파도가 큰 소리를 내면서 베이라-마르Beira-Mar 부두에 부딪친다. 파도 소리를 듣고 있노라면 경탄을 금할 수 없다. 작은 정원들과 작은 숲들, 그리고 기하학적인 모양의 잔디밭들을 따라, 자동차는 남쪽으로 매끄러운 아스팔트 위를 달린다. 거기서부터 계단식으로 된 언덕들 위로 리우의 구시가지가 밀집해 있다. 산허리에 있는 사각형 주택들, 정원의 종려나무 뒤로 빛나는 수백만 개의 불빛이 보인다.

나뭇잎 아래 동그란 유리구 속의 빛이 환하게 퍼지고 있지만, 산책하는 사람은 아무도 없다. 도시의 침묵이 강한 인상을 준다. 극장과 영화관이 있는 교차로를 제외하고, **대로**에는 아무도 없다. 상점의 쇼윈도는 닫혀 있다. 길게 뻗은 공원들의 감미로운 향기 속에 거니는 사람도 없다. 저녁 9시가 되자마자 거리와 대로는 완전히 비어 버린다. 식구들은 모두 커피 테이블 주위에 모

여서 아이들의 재롱을 본다. 식구 수는 보통 4~5명이며 8명이
나 10명인 집도 많고, 때로는 더 많기도 하다. 이곳에서 미덕은
일상적인 것이다. 모든 것이 상상할 수 없을 만큼 비싸서, 중산
층들도 자주 집 밖에서 즐기는 것이 쉽지 않다.

　수많은 주택들의 창문에서 나오는 불빛은 숲이 우거진 언덕
의 산의 지맥, '세하 두 마르'Serra do Mar의 구불거리는 정상을 비
춘다. 사람들은 저녁 샤워로 기운을 차린 다음, 잠두콩과 비계,
'마니옥'감자와 비슷한 식물으로 만든 '훼이조아다'브라질식 스튜로 식
사를 한다. 상파울루 커피 향에 취해, 화려하게 머리모양을 한
성모를 닮은 아내와 양육비가 많이 들고 얼굴이 닮지 않은 아이
곁에서 전 국민적 미덕이 가진 건전한 기쁨을 맛본다. 아이의 얼
굴은 부모의 형제 자매들을 닮았는데 포르투갈, 과라니, 네덜란
드, 물라토, 크레올 조상들의 얼굴을 무작위로 떠올리게 한다.
다양한 유형이 있지만 대부분 아메리카 부족의 혈통과 섞여 있
고, 검은 눈을 공통적으로 갖고 있다.

　브라질 사람들이라고는 전혀 보지 못한 채, 자동차는 고독
한 밤의 어둠 속에서 환하게 전깃불을 밝힌 베이라–마르 공원
을 통과한다. 허공에 걸린 별 아래로 코르코바도Corcovado가 우
뚝 솟아 있다. 자동차는 13킬로미터의 거리를 달리는 동안 내포
바다나 호수가 육지 안으로 휘어들어 간 부분와 만灣들 끝, 바위 곶에 부딪
치는 파도 옆을 바짝 가까이 지난다. 인도의 둥근 가로등 불빛은

저 멀리 바다의 항해자들에게 앞으로 두 시간 후면 도착하게 될 수도의 화려함을 예고한다.

그렇게 속도를 낸 자동차는, 별빛 속에서 새파랗게 빛나는 우아한 성당이 굽어보는 모호리우데자네이루의 언덕을 가리키는 말 기슭을 지나, 단숨에 라파Lapa와 글로리아Glória 모래사장을 관통한다. 그런 다음 플라멩고Flamengo 모래사장 위, 프레지던스 공원이 나타나고, 공원의 철책과 분수와 환하게 불을 밝힌 열대식물이 보인다. 모호 다 뷔바Morro da Viúva 기슭을 우회하자 잠시 내포가 보이지 않는다. 곧 보타포고Botafogo 만의 잔디밭과 조각상들, 오래된 주택들의 높은 아케이드, 꽃바구니와 은빛 철책이 있는 새로 지은 호텔들의 테라스가 정면으로 보인다. 잠시 후 알리에네 궁 앞을 지난다. 그리고 도로로 우회하기에는 바다 쪽이 너무 가파르기 때문에 모호 다 바빌로니아Morro da Babilônia 안에 뚫어놓은 터널을 통과한다. 그리하여 마침내 코파카바나Copacabana 해변에 도착하는데, 이곳은 자동차들이 통행할 수 있도록 모래 위에 아스팔트 도로를 만들었다. 자동차들은 최근에 지어진 별장들의 낮은 층계를 스치듯 지나친다.

야회복으로 치장한 대가족들이 먼 바다의 신선함을 들이마신다. 이 가족들은 수많은 사촌들과 형제 자매들·삼촌·숙모·조카들을 맞이하는데, 이들은 호화롭게 검은색을 칠한 투명한 유리창이 있는 차를 타고 속도를 내어 마침 그곳에 도착한 참이다.

도로 끝에는 아틀란티카 선술집의 전구들이 반짝거린다.

큰 소리를 내면서 넘쳐 흐르며 요오드 향기를 퍼뜨리는 파도를 따라 밤의 고요함 속에서 항구에서 흘러나오는 불빛 쪽으로 향한다. 그런 다음 환하게 밝혀진 아무도 없는 공원, 작은 광장, 정원을 지나간다. 비할 바 없는 기쁨이다.

대통령궁 연회를 회상하다

프랑스의 세르클 볼네와 유사한 디아리오스 클럽, 상층부에 청중과 악사들을 위한 회랑과 발코니를 갖춘 크고 간결한 흰색 방에 손님들을 초대해서 개최하는 무도회. 카테테 궁전Palácio do Catete에서 공식적으로 예복을 갖춰 입은 에르메스 다 폰세카Hermès da Fonseca 대통령이 살롱에서 제복을 입고 번쩍거리는 장식을 한 외교사절을 맞이하는 리셉션. 18세기 양식으로 꾸미고 그에 걸맞은 가구로 장식을 한 높은 건축물들과 그 교차점에 환하게 공원을 만들어 열대식물을 심고, 우아하게 두 줄로 멋진 종려나무를 심은 파이산두 거리에 있는 구아나바라 궁전Palácio Guanabara. 그 어느 곳이든 파리식으로 치장한 수많은 요정 무리들을 볼 수 있다. 갸름한 얼굴과 검은 눈, 그리고 풍성한 머리카락의 아름다움은 얇은 원피스와 무지개같이 연한 빛을 발하며 움직이는 물처럼 하늘거리는 치마의 움직임으로 배가된다.

그곳에서 이 아가씨들은 매력을 끄는 만큼, 비현실적으로 보인다. 이들의 치장 방식은 프랑스 소녀들이 지켜야 하는 낡은 규칙 같은 것을 따르고 있지 않다. 결혼한 부인들은 물론 그들의 자매와 딸들도 저녁에는 프랑스의 디자이너들이 새나 곤충, 옛 거장들의 그림 등에서 색상과 선을 본떠 만든 특별한 의상을 입는다. 방돔광장과 뤼드라페에서처럼 미용술로 완벽하게 만들어 낼 수 있는 모든 것을 상상해 보라. 그리고 그것이 전체적으로 튼튼해 보이는 소녀들의 앳된 어깨 위에 놓이고, 모두가 그다지 예쁜 편은 아니지만 커다란 검은 눈과 크게 부풀린 머리채, 진홍빛 미소에 의해서 더 돋보인다고 생각해 보라. 풍뎅이 날개를 크게 만들어 놓은 것 같은 의상, 잠자리 날개를 베낀 것 같은 미니 원피스, 청록색과 회색 비단 치마를 입은 무희들을 보라. 그녀들은 머리를 빈틈없이 정리하고 몸에 꽉 끼는 연미복을 입은 미소년들의 팔에 안겨 왈츠를 춘다. 그것은 가장 멋진 광경이며, 오페라 무대에서 공연을 펼치고 있는 발레단보다 못하지 않을 것이다. 색조와 라인의 선택은 탁월하다. 2~3백 명의 브라질 여성들 가운데 겨우 10명 가량만 아직까지 화려한 다이아몬드나 엄청나게 호화로운 장식을 한 옷을 입고 있어서 지난 시절의 풍요를 떠올리게 한다. 부유하게 보이고 싶어 하는 마음은 아주 빨리 그리고 완벽하게, 바로 이 순간 스스로를 꿈의 요정, 가장 세련된 사람들의 취향을 위한 음악의 테마가 되도록 만들고 싶어 하는 소망으로 바뀐다.

이러한 파티 광경은 눈부시다. 거기에 파랑과 빨강의 프랑스 군복과 같은 제복 색채가 더해지는데, 다른 점이 있다면 이 제복들은 어깨 장식이 더 크고 견장이 늘어져 있다는 것이다. 깃털 달린 예모를 옆구리에 끼고, 황금빛 띠가 있는 검은색 바지의 허리춤에 칼을 찬 프랑스식 복장을 하고 있는 모든 나라의 외교관들을 보라. 자수를 놓은 깃 위로, 네모난 독일인의 얼굴, 영국인의 섬세한 옆모습, 로마인 같은 양키의 넓은 얼굴, 약삭빨라 보이는 프랑스인의 모습이 보인다. 마치 각자 전형적인 자국민의 모습을 보이고 싶어 하는 것이 아닐까 하는 생각이 들 정도다. 독일인은 정말로 머리가 반쯤 벗겨진 보병을 닮은 모습으로 '물망초'vergiss mein nicht 꽃처럼 지나치게 밝은 푸른 빛의, 제롤스탱류의 희가극에서도 볼 수 없을 듯한 과도한 주름 장식이 달린 옷을 입고 팔을 넓게 벌리고 있다. 오스트리아의 창기병과 이탈리아의 사냥꾼도 있다. 뉴욕의 해군 소위는 혈색 좋은 얼굴을 하고, 닻 모양의 기장과 황금 단추로 장식한 군용 턱시도 속에 헤라클레스 같은 근육질 팔다리를 숨기고 있다.

이곳에 모인 신사들은 은행과 자국의 공장들이 준비한 산업과 금융 관련 기업의 경쟁을 도모하고 있다. 이들은 철도·항만 사업권과 필라델피아미국, 크뢰즈프랑스, 코커릴벨기에, 에센독일, 클라이드영국 등지에서 생산하는 기계 도입을 위한 관세 특권을 얻기 위해 노심초사하고 있다. 야윈 몸의 한 신사는 몸의 윗부분인 머리 모양이 마치 교육을 잘 받은 노처녀와 닮았는데, 이 신사는 사실 드레드노트·어뢰정·구축함들을 판매하는 무기 회사의 대리인이다. 이러한 장비들은 브라질 정부가 존중받을 수 있도록 하며, 또 여러 주정부가 정치·경제적 의견의 불일치로 인해서 지나치게 자율권을 주장할 때, 해안 도시들 앞에 증기로 움직이는 요새와 같은 이런 전함들을 빠르게 집결시킴으로써 연방정부의 의무를 지키도록 한다. 그렇기는 해도 사실상 이런 일은 발생하지 않는다. 세아라Ceará 주에서 이미 그런 경우를 보지 않았던가.

이제 막 희끗희끗해지기 시작한 머리칼에, 모노클단안경을 번쩍거리는 냉소적이고 매력적인 이탈리아 백작은 화려한 촛대 앞에서 능숙한 솜씨로 자신의 영향력을 행사하고 있다. 자국에서 건너온 2백만 명에 달하는 이민자들이 꾸준하고 성실하게 일하여 커피의 땅, 상파울루São Paulo에서 부를 창출하고 있기 때문이다. 마찬가지로 매우 유식하며, 공격적 말투를 구사하는 오스트리아 창기병은 갈리시아 출신 폴란드인들의 권리를 옹호하고 있다. 폴란드인들은 거대한 파라나Parana의 소나무 숲을 개간하고 경작했으며, 최근 파리에서 빌린 자금의 담보물인 자신들이 소유한 땅을 대상으로 은행을 설립했고, 성실한 금발머리 아이들로 자신들의 공장을 가득 채워 이들의 숙소에 해방자 타데우시 코시치우슈코폴란드의 독립운동가의 사진과 폴란드 독립전쟁을 그린 채색 석판화를 걸어 두었다. 짧은 머리와 탄탄한 몸매에 완벽한 우아함과 상냥함을 보이는 미국 사절은 라이트 상사의 이익을 대변한다. 이 회사는 리우의 여러 주들과 상파울루에서 도로와 가정에 전깃불을 밝히고, 전차를 빠르게 달리게 하며, 등대에 불을 밝히기 위해 필요한 전기를 만들어 내고 조정한다. 예복을 입은 이 매력적인 신사는 회의적이고 약간 지친 듯한 파리 사람의 외모를 갖추고 있는데, 파라나와 산타카타리나Santa Catarina 숲을 가로지르는 철도부설을 돕는 프랑스의 자본 사용을 감독하고 있다. 또 리우그란데두술Rio Grande do Sul, 리우데자네이루, 바이아Bahia, 페르남부쿠 등 프랑스 기술자들이 큰 공사를 마친 바 있는 항구들의 마무리 작업도 감독한다. 우리는 이미 상파울루 근처에서 가장 활발하게 작업하는 유리제품 제조 공장을 가지고 있어서, 샤르모 감독 같은 사람들이 작업을 지시하고 있으며, 캄피나스Campinas 근처 농업연구소는 **커피농장** 소유주들의 두터운 신임을 받고 있고, 또 상파울루에서는 종마사육장을 운영하고 있다. 특히 거기서 우리의 발라니 대령이 완벽하게 길들인 말 5천 필을 훈련시키고 있다. 우리는 40억 프랑에 달하는 자금으로 이처럼 미래에 대해 열광적인 기대감을 갖고 있는 브라질의 발전을 돕고 있다. 이곳의 엘리트들은 가장 솔직하고 가장 감동적인 방식으로 우리에게 고마움을 표시한다. 법대와 의대에서는 교수들은 물론 학생들까지도 프랑스의 법학자들과 의사들이 프랑스어로 저술한 책으로 공부한다. 중학생들은 지방어와 영국 사상을 배우기 위해 포르투갈어-영어 사전이 아니라 프랑스어-영어 사전을 사용한다.

정치는 프랑스의 철학자 오귀스트 콩트의 이론이 주도적으로 이끌고 있다. 많은 가정들이 정교분리법에 의해 쫓겨난 수녀들에게 딸들의 교육을 맡기고 있다. 상파울루는 프랑스의 심리학 거장, 조르주 뒤마에게 우리의 새로운 철학을 사상가들에게 알려 줄 것을 요청한 바 있다. 이처럼 물질적·정신적으로 수많은 이익이 있기에, 프랑스의 장관 드 라랑드는 선임자인 라콩브와 앙투아르 남작의 임무를 계속해서 진행해 나가며 이에 대처하는 법을 알고 있었던 것이다. 프랑스의 빛이 브라질을 밝히고 있는 것이다.

독일 장관은 독일식 학교를 가장 많이 세우기 위해 노력하고 있으며, 상점에서 프랑스 상품을 밀어내고, 프랑스의 순진한 수출업자들이 고객들의 지불상환능력에 대한 정보를 요청할 경우 자국의 은행가들로 하여금 부정확한 정보를 주도록 하기 위해 애쓰고 있다. 지나치다 싶게 주름 장식이 많이 보이도록 앞이 열린 파란색 정장을 차려입은 이 남자는 저쪽에서 끈질기게 우리를 쫓아내려 애쓰고 있다. 그는 아메리카 전체가 오직 독일인들의 영향력 아래 놓이게 되기를 바라고 있을 것이다. 지금까지 이들은 산타카타리나 주의 두 개 도시에 모여 있었고, 오직 이 연방 주만을 지배하고 있었다. 어떻든 이들은 리우의 뤼드라페라고 할 수 있는 우비도르가의 상권을 강탈해 갔다. 벨기에인, 네덜란드인, 그리스인, 터키인은 또 그들대로 자신들의 이해관계를 수호하고 확장해 나가고 있다. 한편 칠레 장관은 브라질의 발전을 지켜보고 있으며, 칠레 정부와 전통을 고수하며 자부심이 강한 칠레의 귀족들, 그리고 용맹스럽기로 정평이 나 있는 칠레 국민들은 조금 시샘의 눈길을 보내고 있다. 아르헨티나 사람은 자국의 팜파스남미의 대초원에서 일하고 있는 6백만 명이 몇 시간이나 노동을 해야 2천 5백만밖에 안 되는 브라질 사람들 앞에서 계속 패권을 유지할 수 있을까를 계산하고 있다. 브라질 사람들은 매우 근면하고, 고무나 담배, 전 세계 커피 수요의 거의 전부를 수출하며, 우루과이와 파라과이, 아르헨티나의 농민들에게 자양분을 공급하는 '마테차'mate 절반을 수출하고 있다.

구아나바라 궁전은 물론 카테테 궁전에서 열리는 연회처럼 매우 지적인 이런 국제적인 사교계에서는 공식적인 모습 아래, 이러한 생각들이 난무한다. 공화국이나 황제, 왕들로부터 받은 훈장을 과시하며 한껏 치장을 한 모든 외국사절들은 검은색 옷을 입은 마르고 차가워 보이는 남자 주위로 몰려든다. 그는 그들에게 친절하게 미소 짓고 주의 깊게 그들의 이야기를 듣는다. 그는 간결하고 조리 있게, 완벽하게 분별 있는 말을 한 다음 대화를 마친다. 이 외교적 경쟁의 중심에 최고의 중재자인 브라질 외무장관, 라우로 뮐러S. E. Lauro Müller가 있다. 그는 흠잡을 데 없고 공정하며 분명한 논리로 사람들의 찬사를 얻었다. 모든 가능성을 인지하고 있지만 난관 앞에서도 이성이 절대 마비되지 않고, 낙관주의는 물론 비관주의의 과장된 부분까지 적당한 크기로 재단해 버리는, 그의 조예가 깊은 지성의 공정함을 유럽과 아메리카는 높이 사고 있었다. 그는 확고한 정신을 지닌 사람이었다. 사람들은 마르고 꼿꼿한 그가 '연미복을 입은 잣대'와 닮았다고 한다. 브라질에 필연적으로 약속된 위대함을 확신하고 있으며, 머지않아 적극적인 협력관계 속에서 전 세계의 엘리트들이 연합해서 계약을 함으로써, 그 위대함의 기반이 다져지는 것을 보게 될 정치가에게 이보다 더 큰 찬사가 있을까?

그는 자주 이렇게 말하곤 했다. "브라질은 상당히 넓습니다. 문명이 발달한 모든 나라가 이곳에서 부와 권력, 그리고 영광을 얻을 수 있을 것입니다. 그러니 이곳에서 경제적으로, 정신적으로 서로 싸우는 것을 중지하기 바랍니다. 서로 동일한 지역, 동일한 장소를 동시에 원하는 것을 포기하시기 바랍니다."

그렇다. 브라질은 모든 나라의 형제애에 기반을 둔 약속의 땅처럼 보인다. 이곳에서는 먼저 서로 돕고, 연합하고, 사랑해야 한다. 저 유명한 전前 장관인 리우 브랑쿠 남작Barão do Rio Branco의 전통을 이어받아서 라우로 뮐러는 각국의 활동 반경을 제한하고, 영국인, 미국인, 독일인, 이탈리아인, 프랑스인에게 서로 다른 자신들만의 특별한 재능에 적합한 그런 임무를 분배하기 위해서 노력한다. 만반의 준비를 한 모든 나라의 엘리트들이 경쟁을 벌이는 광경보다 정신에 더 많은 양분을 공급하는 것은 없다. 그들의 재능이 빛을 발한다. 인간과 집단 심리에 정통한 지도자, 에르메스 다 폰세카 대통령은 자신의 지휘본부 한가운데 서서, 보기 드문 혜안을 갖고 협력 국가들의 사절들을 맞는다. 이렇게 브라질 사람들이 즐겨 연회를 여는 이 궁전에서는 자정과 새벽 사이에 여러 왕국과 공화국, 제국의 이해관계들이 능숙하게 논의된다.

리우의 아침

날이 밝는다. 갑자기 고산지대와 연결된 내포와 만이 연속적으로 드러난다. 그 옆으로 15킬로미터에 걸쳐 수많은 화단, 수많은 종려나무와 망고나무, 역사적 인물상을 둘러싸고 있는 잔디밭, 호화 별장과 포르투갈풍의 대저택들, 숲으로 덮인 산을 여러 층으로 만든 공원 등이 보인다. 그리고 그곳에 자리 잡은 구시가지의 다채로운 주택단지에는 종려나무, 바나나나무 등, 온갖 종류의 나무가 자라고 있다. 아침이 되자마자 세하 두 마르의 먼 푸른빛 능선, 코르코바도, 티주카^{Tijuka}, 가베아^{Gávea}에서 가까운 푸르른 산들, 마을과 다채로운 주택들이 빽빽이 들어선 언덕의 색채가 강렬하게 드러난다. 북쪽으로는 페트로폴리스와 테레조

폴리스, 서쪽으로는 이과수, 남쪽으로는 리우, 동쪽으로는 니테로이가 내해부터 꼭대기까지 서로 겹쳐져 있다. 아래로는 반짝이는 파도가 3백 개에 달하는 작은 섬들의 바위와 종려나무, 숲이 울창한 큰 섬들, 연기가 피어오르는 선창가와 정박해 있는 수많은 선박들의 배 밑바닥에 부딪친다.

리우의 여러 구역들은 항구에서부터 여러 층으로 되어 있다. 저 위쪽 종려나무가 있는 산타테레사 정상까지는 구릉지로 되어 있어서 들쑥날쑥한 하늘의 강렬한 광휘를 등지고 각 구역의 상점들, 여객선들, 항구들이 섬세하게 아주 작은 실루엣으로 모습을 드러내고 있다. 그리고 정상에서는 저 아래쪽, 코르코바도의 암봉岩峰이 솟은 파니에라스 고원이 보인다. 바나나나무 잎사귀와 정원의 종려나무 잎에 몸을 숨기고, 망고나무의 동그란 그늘 아래 가려져 있는 이 구역에는 사파이어, 토파즈, 루비빛으로 예쁘게 칠한 수천 개에 달하는 주택들이 끝없이 언덕 기슭에 펼쳐져 있다. 이 집들을 서로 떼 놓는 작은 언덕들, 구불거리는 도로와 작은 길들도 중심가에서 약간이라도 떨어지면 녹음綠陰 속에서 거의 보이지 않는다. 그리고 프랑스의 대로와 같은 아베니다avenida와 샹젤리제에 해당하는 베이라-마르, 그리고 트루빌과 유사한 레미Leme 등으로 인해서 낮은 지대에 위치한 매우 현대적인 모습을 가진 도시를 산책하거나 달릴 때면, 한쪽으로는 계속해서 경사지, 고원, 수많은 다채로운 구역들의 정원과 숲이 있는 고지가 보인다. 또한 다른 쪽으로는 서로 마주 보며 출구를 지키고 있는 비스듬한 팡데아수카르와 십자가상까지, 보랏빛 산맥이 감싸고 흰색 도시들이 빙 둘러 있는 내해의 푸른빛 장관이 눈앞에 펼쳐진다. 이러한 화려함을 어루만지고 황금빛으로 물들이는 한낮의 햇빛은 정말로 즐거워하는 듯하다. 주택 한 채 한 채가 나뭇잎 틀 속에서 하나의 보석이 되어 가끔 사방으로 빛을 발하고, 그늘에서는 자수정, 석류석, 비취 또는 청금석이 되기도 하며, 대기가 가장 밝게 불탈 때에는 황금과 포도주의 빛, 기적으로 인해 영원히 남아 있는 한 방울의 물속에 고정된 시선의 빛처럼, 브라질산 남옥, 에메랄드, 전기석電氣石의 빛을 발한다.

또한 열대의 태양은 대부분 꺾여 있는 커다란 바나나나뭇잎을 통과한다. 태양은 바나나나뭇잎들을 밝은 색 천으로 만든 차양이 있는 파사드Façade 주위를 장식하는 멋진 초록빛 깃털로 변형시킨다. 태양은 망고나무의 검은 나뭇잎 끝에서 광택을 드러낸다. 태양은 교회마다 쌍둥이 종탑이 있는 작은 둥근 천장들을 하얗게 만든다. 이 교회들은 인조석으로 만들어졌고, 어디서나 프랑스 백과사전파의 시대에 경의를 표하고 있는 것처럼, 18세기 스타일에 따르는 거대한 회랑이 사방을 두르고 있다. 태양은 중앙 홀의 하얀색 스테인드글라스를 관통해서 무릎을 꿇고 앉은 흑인 여인들의 고수머리 위로 내려앉는다. 태양은 브라질 여인들의 아름다운 타원형의 얼굴 윤곽 위를 덮고 있는 모자의 깃털을 붉게 물들인다. 감실龕室부터 무거운 왕관을 쓴 예수를 팔에 안고 처음으로 영성체를 받는 이처럼 굳은 눈길을 보내고 있는 영광의 성모상 발치까지, 아홉 층으로 겹쳐 놓은 큰 촛대들의 도금 장식을 태양은 빛으로 변모시킨다.

또한 태양은 저 높은 곳에서 미사를 드리기 위해서 수호성녀들이 팔꿈치를 괴고 있는 측면 외랑外廊 발코니 뒤에 드리워진 주홍빛 커튼을 불타 오르게 한다. 태양은 기도를 드리고 있는 사춘기 소녀들의 거무스레한 얼굴 위의 분가루를 비춘다. 분홍과 파랑 비단으로 만든 몸에 꼭 맞는 드레스를 입고 있어서 거의 벗은 것과 진배없으며, 뼈가 드러나 보이고 이미 유방이 자란 몸매를 드러낸 이 경건한 아이들은 거양성체擧揚聖體를 하는 동안 타일 바닥에 입을 맞출 준비가 되어 있다. 태양은 부채를 부쳐 대며 예쁘게 보이려 하는 이 무리들을 아름답게 치장한다. 그렇지만 이들은 파란색 거대한 도자기 벽, 성서의 인물들이 묘사되어 있는 성서 그림 사이에서 신앙심으로 몸이 굳어 있다.

밖에는 경이로운 햇빛이 라틴인, 파라과이 인디언, 아프리카인들의 각막에 강렬하게 비치지만, 벨벳 같은 두터운 눈썹과 꽃을 단 모자가 이들의 눈을 보호한다. 이 빛은 늘어진 넝쿨로 나무들을 감싸고 있는 둥글고 넓은 잎을 가진 기생식물의 잎으로 미끄러진다. 이 빛은 여인들이 발걸음을 옮길 때마다 비단옷이

꺾이는 부분을 영롱하게 반짝이도록 한다. 다시 반사되기 전, 이 빛은 대담하게 연주하고 있는 연주자들 뒤에서 어깨에 총을 가로로 올리고 빠르게 걸음을 옮기는, 베이지색 옷을 입은 검은 얼굴의 병사들의 소매 단과 장교들의 말 장식에 부딪친다. 태양은 계속해서 한 무리의 중학생이 연주하고 있는 좋은 소리를 내는 악기들의 금관 위에서 한껏 빛을 발하고, 전차는 트롤리를 이용해서 이 학생들을 코르코바도의 처녀림 쪽으로 데려간다.

태양은 작은 공원과 광장 한가운데에 서 있는 영웅들의 동상에서 튀어나온 부분을 집중적으로 비춘다. 이 동상들 주위로 자동차들이 달리고, 구릿빛 마른 몸의 짐수레꾼이 짐을 가득 실은 마차를 끄는 암노새 옆에서 빠르게 걷고 있다. 사탕과자를 파는 흑인 상인들은 머리 위에 얹고 있는 유리 상자 안에 달콤한 과자가 들었다는 신호로 막대 두 개를 서로 부딪치고, 과일 노점상들은 버드나무로 만든 큰 접시에 채소·오렌지·망고를 가득 쌓아 올려 땅에 닿을 듯이 지고서, 인간 저울이 되어 서둘러 발걸음을 옮긴다. 태양은 분홍색, 파란색 호화 별장들의 창 앞에 드리운 차양을 관통한다. 별장의 작은 숲에 있는 종려나무로는 충분히 그늘이 지지 않고, 트럭에서 운반해 온 얼음기둥으로도 충분한 시원함을 얻지 못한다. 태양은 집에서 키우는 공작, 금강잉꼬, 원숭이를 보고 겁을 먹어 정원의 은색 철책을 넘어가는 흑인들의 머리 위에 내려 꽂힌다.

정치적 상황

1822년 독립을 선언하고, 1889년 제정帝政이 붕괴됨으로써 포르투갈과 구 식민지 사이의 관계는 두 번이나 크게 바뀌었지만, 1499년 브라질을 발견했다는 자부심은 여전히 이들로 하여금 유럽과 아메리카에서 이중으로 귀족의 지위를 누리도록 만들었다. 리우, 이 도시의 가장 유명한 구역에서 각진 체격에 콧수염을 기른 자신들이 만든 신생공화국의 포르투갈 외교관이 리스본의 마지막 혁명 이후 망명한 왕당파와 협력하고, 바스코 다가마포르투갈의 항해자, 페드루 카브랄브라질을 발견하고 포르투갈 영토로 선언한 인물, 루이스 카몽이스포르투갈 문학과 브라질 문학에 큰 영향력을 끼친 대시인 등과 같은 선조 엘리트들을 조직했던 조국에 대하여 자부심으로 가득 찬 그들의 연설에 자신의 문학적 언변을 더하는 것을 볼 수 있다. 호세 데 알렌카 광장Praça José de Alencar을 장식하는 망고나무의 그늘은 이 달변가들에게서 자신들의 종족이 담당했던 전 세계적인 역할의 가치를 가리지 않는다. 그들은 자신들의 종족이 적은 수의 용감무쌍한 부대를 가지고 그토록 많은 아프리카 땅과 아시아 도시들을 정복한 후, 어마어마하게 큰 브라질의 삼림을 정복했다는 사실을 잊지 않고 있다. 그리고 이와 같은 과거의 업적에 대하여 서로 우애 있게 치켜세운다.

파란색 짧은 웃옷을 입은 키가 작고 뚱뚱한 '후작'은 밀짚모자를 귀에 걸치고, 검은색 두툼한 콧수염 아래 굵은 시가를 물고서, 자신의 미국식 '파젠다'브라질의 대농장에서 나오는 보잘것 없는 이익을 늘리기 위하여 리우에서 애를 쓰고 있다. 알가르브 Algarve의 날씬한 귀족은 매부리 모양의 얼굴에 은발을 하고 시종의 복장 같은 셔츠를 입고 있는데, 할 일 없이 리우그란데두술 의 건장한 기병을 고용했다. 다음 번 돈 마누엘Don Manuel의 왕정 복고를 위해, 호텔 안뜰에 넝쿨이 늘어져 있는 오래된 나무 앞에 꾸민 작전 본부에서 무적 부대를 선발하기 위해서다. 그렇 지만 이 달변가들 중 어느 누구도 제국주의자나 공화주의자들 의 공을 부인하고 싶어 하지는 않은 듯하다. 바로 이들이 전 세계 증권가는 물론 이 숙박기관의 모든 공간에서 국가의 부를 예측하고 교섭하고 있다. 다른 누구도 아닌 목 주위에 주름 장식을 달고 미늘창과 보병총을 들고 깃털 장식을 한 그들 공동의 조상이, 거칠고 빠르게 정복을 했던 것이다. 열대지방의 태양이 이글거리고 흉악한 식인종들이 독화살을 쏘아 대며, 덤불숲에 똬리를 튼 뱀에게 물릴 수 있는 위험에도 불구하고, 덩굴식물이 그물망처럼 우거져 꿰뚫을 수 없는 장막이 되어 베어 내고 지나가면 그 뒤로 다시 길이 닫히는 그런 어려움에도 불구하고, 1807년 그들 모두의 왕인 후안 6세와 당시 엘리트들이 리스본의 과학과 예술, 그리고 보물들을 리우데자네이루에 가져와 놀랍고도 전체적인 이러한 지성이 가치를 발하도록 했으며, 마침내 국가의 근간을 이루는 특징이 되도록 했던 것이다. 이러한 업적은 모두의 것이기에 그 점에 대해서는 서로 감사하고 있다. 포르투갈 공화국의 장관 역시 방금 도착해서 외국인들이 머물고 있는 그 호텔에 들이닥쳤다. 키가 작고 말랐으며 피부가 하얀 이 노인은 닮아 보이지 않는 11명의 자녀와 허약해 보이는 아내와 함께였다. 그역시도 왕당파들에게 반감을 느끼는 것처럼 보이지 않는다. 왕당파들은 밤이 매우 깊어지자 자신들의 젊은 왕자를 타호Tajo 강가로 데려갈 수 있는 가장 빠른 방법에 대하여 시끄럽게 떠들어댔다.

이것은 또한 몇몇 노인들의 황당한 희망이기도 했다. 이들은 공허하게도 전통에 대한 사랑으로 구체제를 그리워하고 있어서, 정말로 입헌적인 군주가 나타나 그의 손으로 두 개의 공화국, 어머니 브라질과 딸 포르투갈 국기를 다시 연결시키기를 바라고 있다. "그렇게 되면 역사상 가장 존경할 만한 힘들 중 하나가 16세기의 자부심을 가지고, 두 세계에 대하여 3천만 명의 시민들 속에 살아 있는 카몽이스의 정신에 의해 이룩된 업적을 다시 부활시키게 될 거야." 이것은 외교계의 아가씨들의 말로서, 영국의 손님이며 망명 중인 그들의 젊은 왕에 대한 감정을 기꺼이 표현하고 있다.

이들은 또한 독설도 퍼부었는데, 겉으로 보기에는 말쑥하고 검은색 코트를 입고 흰색 수염을 기른 학자의 면모를 하고 있지만, 실제로 수백만 달러를 소유하고 있고 온순하고 호리호리한 아내와 서로 다른 모습을 한 11명의 아이들이 있으며, 과학적인 지식을 갖고 있고, 리스본에서 국정자문회의의 의장을 담당했던 이 포르투갈 장관을 무정부주의자로 취급하기까지 했다. 평온하게 웃으며 부채를 마치 해방자의 단검이라도 되는 양 손에 꼭 쥐고, 음울한 얼굴을 하고 있는 처녀들의 어두운 눈길을 받으며 그는 자식들의 행렬 맨 앞으로 갔다. 다음은 이 아가씨들의 말이다. "이 사람들은 라우로 뮐러 씨에게 영향을 주지 못할 거야. 정치가인 뮐러 씨께서는 리우 브랑쿠 남작의 일을 확실하게 계속하실 거고, 리우나 상파울루 대중의 여론에 충격을 주지 않고서도 왕당파 이민자들에게 브라질의 땅을 내어 주실 거야."

포르투갈인들의 놀라운 상술

길모퉁이마다 약삭빠른 포르투갈인이 아치 세 개짜리 상점을 골라잡아서, 과일·채소·생선을 가득 채워 놓은 다음 엄청나게 비싼 값에 팔고 있는 리우에서조차 왕당파들은 은밀하게 리스본에서 온 장관과 경쟁적으로 선동하는 것을 멈추지 않고 있다. 왜냐하면 4만 명에 달하는 과일장수, 술집주인, 정육점주인, 식료품상, 온갖 종류의 보급상들 중 대다수가 비록 보잘것없기는 하지만 재산을 만들기만 한다면, 유럽으로 돌아가 버릴 것이기 때문이다. 그들이 이곳에 남는다면, 토지투기자, 건축사업가, 브라질 사람, 부유한 사람이 되어 버릴 것이다. 그날이 올 때까지 큰 몸집에 다부진 체격을 갖고, 팔을 뒤덮은 두툼한 털 위로 소매를 걷어 올리고, 파리 사람과 달리 프랑스의 오베르뉴 지방 사람만이 가지고 있을 법한 고집스러운 끈기를 가지고, 이들은 상자를 옮기고, 물건을 저울에 달고, 청과물을 골라낸다.

포르투갈인들이 쾌속 범선, 또는 대형 돛단배에 달린 작은 보트를 만에 남겨 둔 채, 깃털모자를 쓰고 나팔 모양의 총을 들고 오지를 관통했을 때, 이들의 근육이 얼마나 튼튼하고, 고집스러움은 얼마나 강했을지 쉽게 상상할 수 있다. 투박한 종아리, 넓은 어깨, 털로 뒤덮인 팔은 커다란 머릿속을 가득 채우고 있던 돈을 위한 모험 욕구를 최고로 만족시켰다. 거기에 그들의 모든 승리의 유일한 요소인 놀랄 만한 연대의식이 있었다는 사실을 덧붙여야 하리라.

한 여자 손님이 채소값이 말도 안 되게 비싸다고 비난을 하면, 포르투갈 상인은 성을 내고 투덜거린다. 소란은 이 아케이드에서 저 아케이드로 퍼져 가고 달콤한 포도주가 흐르는 계산대 앞에까지 다다른다. 그리고 다음 날이면 불평 많은 이 여자 손님은 다시 양상추를 주문하겠지만 아무 소용이 없을 거라고 사람들은 단언한다. 어떤 포르투갈 상인도 그 여인에게 채소를 팔지 않을 것이다. 잎이 여섯 개 달린 이 초록빛 식물을 얻기 위해서는 배신자와 그의 계략이 필요하다. 그리고 이 배신자는 동족에게 모욕과 비난을 받고 따돌림을 받아서, 어쩌면 가게를 떠나라고 강요받게 될지도 모른다. 마찬가지로 모든 것이 빨리 부패되는 기후에서는 생선과 과일이 풍부할 때, 상인들에게 절대로 가격을 깎지 말고 물건을 많이 주도록 유도하는 편이 더 좋다. 가격을 깎게 되면 그 자리에서 당장 조합이 생겨나서 평소보다 많은 잉여분을 바다에 던져 버리도록 결정을 내릴 것이다. 그렇게 해서 상품의 가격은 대단히 높게 유지된다. 그리고 브라질 사람은 포르투갈 사람들의 이런 모든 행태를 감내한다. 욕심이 많기는 하지만 사랑하는 형제이기 때문에.

이보다 더 훌륭한 사례가 있다. 매일같이 너무 질긴 고기, 잘못 잘린 고기에 실망한 소비자들의 기대에 부응하여, 유럽인이 주인인 정육점이 거리에 들어선다. 며칠 지나지 않아서 미식가들은 그 상점에서 식료품을 구입하는 것을 더 좋아하게 된다. 이런 인기는 포르투갈 동업자의 희생으로 얻어진 것이다. 이들은 단 한순간도 갈비나 양의 넓적다리 고기를 적당하게 자르고 장식하는 데 필요한 기술을 배우는 것을 생각조차 하지 않는다. 아니 사실 그들은 브라질 사람들의 애정이 이 정도의 부족함은 눈감아 줄 거라는 사실을 잘 알고 있다.

모든 보급상들의 조합이 생겨난다. 이들은 빵, 채소, 과일 등을 배달하는 것을 거부하고, 대개 흑인이나 물라토인인 하인들에게 상한 것만 가져다준다. 침입자의 상점에서 구운 고기를 샀기 때문이다. 곧 그 상점 주인 자신도 더 이상 도매상을 찾을 수 없다. 금이나 백금, 라듐 덩어리를 주고서야 쇠고기나 양고기를 얻을 수 있다. 그 밖에 또 있다. 브라질 시의 경찰은 이 유럽인에게 벌금을 부과한다. 공교롭게도 엄청난 짐을 실은 마차를 끄는 암노새가 이방인의 상점 진열창을 부순다. 그가 화를 낸다면? 사람들이 대거리를 한다. 소란스럽게 모여들어서 놀려 댄다. 사람들은 그에게 선착장으로 가는 길을 가리킨다. 출발을 앞둔 여객선의 이름과 압력을 넣는 시간을 소리쳐 알린다. 그는 저항한다. 건강한 청년들이 문 앞에서 싸움을 한다. 잘못해서 그들의 권총 총알이 정육점 벽을 부술 수도 있다. 이 이주자가 속해 있는 국가의 공관에 예의를 표시하기 위하여 시청에서는 상점 진열장 앞에 무장 초병을 배치한다. 결국 고기를 다루는 솜씨가 예사롭지 않은 정육점 주인은 고객이 사라지고 골칫거리가 늘어가는 것을 보게 된다. 그는 다시 배에 오른다. 그리고 리우의 미식가들은 잘 베어 낸 갈비뼈 사이의 등심 먹는 것을 포기한다. 이것이 바로 브라질 수도에서 포르투갈인이 가지고 있는 위력이다. 위의 이야기는 공무원이며 공식 위생학자인 의사가 증언한 내용이다.

신용 문제일까? 포르투갈인들의 가정에서도 동일한 연대의식을 볼 수 있다. 상사나 부하 모두 부엌에서 일하는 흑인 여성들을 유혹한다. 이들의 연인이 되어 그들로부터 부와 구매자의 자산 등 유용한 정보를 얻는다. 구매자가 최근 직업을 잃었는지,

사업자금이 부족한지, 증권가에서 손해를 입었는지 등등. 바로 그 다음 날부터 어떤 과일상인도 현금을 받지 않고서는 물건을 배달하지 않는다. 모든 것에 등급이 매겨진다. 흑인 여인의 입은 상업정보 목록이다. 지구상에서 필적하는 것을 찾아볼 수 없는, 이와 같은 놀라운 수완 덕분에 포르투갈 상인은 100만 명에 달하는 주민들에게 물건값을 엄청나게 높게 치르도록 하고 있다. 이들은 50만 명에 달하는 점원들에게 오직 잠두콩, 마니옥, 바나나와 맹물만으로 연명할 것을 강요한다. 그 밖에 모든 식료품은 적은 급료를 받는 회계사무원의 지불능력을 넘어서기 때문이다. 3프랑 또는 5프랑을 내야 겨우 상태가 괜찮은 포도 한 송이를 먹을 수 있다. 그런데 이 포도는 리스본 교외에서는 몇 상팀밖에 하지 않는 것이며, 냉동실에 실려서 항해를 한 뒤에도 1상팀_{1상팀은 1프랑의 100분의 1} 또는 2상팀 정도 가격이 더 나갈 뿐이다. 파리에서 간단한 저녁식사를 대접한다고 할 때, 10여 명가량을 초대한다면 대략 10~15루이_{1루이는 약 20프랑} 정도 비용을 지불하게 되는데, 여기서는 적어도 6~8백 프랑 또는 1천 프랑 이하로는 전혀 가능하지 않다. 현재 모든 것이 몇 배나 더 비싸다. 5천 헤아이스_{브라질의 화폐 단위}는 대략 8프랑에 해당하는데, 가끔 모자에 다림질을 한 번 하거나 이발과 면도, 머리를 감는 데에 이만한 돈을 지불해야 한다. 기계로 12장 정도 복사를 하면 80프랑이 든다. 자동차로 조금만 움직여도 택시 미터기는 7프랑으로 올라간다. 이 정도의 비용은 콩코르드 광장에서 트로카데로까지 두 사람이 택시를 타고 갔을 때 운전수가 요구하는 금액과 같다. 이 밖에도 무수히 많은 사례가 있다. 사람들은 지출 비율에 따라 급여가 주어질 것이라고들 생각한다. 엔지니어·금융가·교수·의사·간부급 회계담당자, 더 나아가 숙련된 점원, 심지어 진열장 장식가들까지도 사실 그렇다. 그러나 평범한 직원들, 다시 말해서 거의 모든 사람은 그렇지 않다. 중심지에서 매우 멀리 떨어진 장소에 살고 있는 식구 수가 약간 많은 가족의 집세는 8백 프랑이다. 집이 멀기 때문에 전기를 이용해서 공간을 '도약'할 수 있는 기차 통근비로 적어도 5백 프랑이 더 든다. 거기에다 옷을 세련되게 입어야 한다는 돈이 많이 드는 의무가 더 있다. 리우의 상사는 직원이 자신의 상점에서 더러운 셔츠와 구겨진 바지, 낡은 웃옷과 뒤꿈치가 닳은 짧은 부츠를 신는 것을 용납하지 않는다. 그런데 이러한 복장은 프랑스에서는 충분히 가능하다. 브라질 점원은 깨끗한 셔츠, 아주 빳빳하고 두 개로 접어 놓은 셔츠처럼 넓은 소맷부리가 있어 새 것처럼 보이는 복장을 하고 출근해야 한다. 그러지 않으면 그저 한 명의 일꾼 취급밖에 받지 못하기 때문에 급여도 그 정도밖에 받지 못한다.

모든 것을 너무 비싸게 만드는 포르투갈인들의 처사로 인해 겪게 되는 생활고를 상상할 수 있을 것이다. 그래서 어떤 이들의 마음속에 깊은 원한과 증오가 쌓여 가는 것을 이해할 수 있을 것이다. 정치적 투쟁이 발생하고 이러한 투쟁은 아주 빠르게 싸움으로 변한다. 빈곤한 자들과 궁지에 몰린 자들은 순식간에 정부의 방식을 바꿔서 구원이 찾아오기를 바란다. 그렇지만 사실 이러한 싸움은 점점 보기 힘들어지고 빨리 끝나 버린다. 이러한 투쟁은 프랑스 노동자들의 파업 통계와 비교해 볼 때, 수적으로나 그 강도 면에서 프랑스에 필적하지 못한다. 그런데 검소하고 쾌적하지 못한 생활을 간신히 영위할 만큼의 급료를 받으며 생활하는 이탈리아·폴란드·물라토·흑인 노동자들, 심지어 포르투갈 일꾼들도 거의 파업을 일으키는 법이 없다. 그런데 대도시에서 이와 같은 불편함은 사회적 위험이 되기도 한다.

브라질 기자가 선거전이나 열정적인 정치인들 사이의 사소한 싸움을 **혁명**이라고 표현하는 것을 그다지 즐기지 않는다고 해도, 우리 유럽에서는 브라질의 모든 연방 주에서 빈번하게 심각한 소요가 일어난다고 잘못 생각하지 않을 수 없다. 그런 생각때문에 부당하게도 이 아름다운 라틴 공화국의 신용이 손상된다. 프랑스의 신문에서 모든 회합·시위·행진·휴업과 파업 등을 기사로 쓰면서, 브라질 기자들이 사용하는 것과 같은 형용사를 사용한다면, 프랑스 기자 역시 프랑스에서 매 분기당 여러 차례의 **혁명**이 일어났다고 하지 않을 수 없을 것이다. 브라질 언론은 사용하는 어휘의 강도를 상당히 완화해야 할 것이다. 그 때문에 그들의 조국은 엄청나게 비싼 대가를 치르고 있다.

식민의 기억

미제리코르디아 병원의 고풍스런 건물 앞에는 내포를 따라 매우 큰 나무들이 두 줄로 심어져 있어서 적토지역인 가파른 언덕, 모호 카스텔로Morro Castello 입구에 그늘을 드리우고 있다. 이 봉우리는 내해 여러 지역, 바다의 표면에 솟아 있는 3백 개 섬의 시가지와 공장, 전 세계를 누비는 선박들을 굽어보고 있다. 이 배들은 수도와 이웃 주택단지의 주민들, 숲이 우거진 산맥이 둥그렇게 두르고 있는 종려나무 사이, 여러 층으로 되어 있는 노랑·분홍·파랑색 주택들이 있는 수많은 구역까지 짐을 실어 나른다. 이 모호에서 바라보는 풍경은 완벽하다. 에스타치오 드 사리우를 세운 포르투갈인가 이끄는 포르투갈인들이 이곳에 1567년 최초로 예배당을 세웠다. 이 건물은 점점 확장되었고, 아직까지 남아 있다. 그곳에서 모자가 달린 옷을 입고, 수염을 기른 수사들이 반쯤 풍화된 회벽에 기대고 있는 초석礎石을 볼 수 있다. 총독의 몸을 덮고 있는 가장 오래된 바다의 문장은 여전히 그 모습이 남아 있다. 이곳 꼭대기, 더할 나위 없는 자연 한가운데에서 브라질 사회는 처음으로 성인식·결혼식·세례·장례 등의 의식을 경험했던 것이다.

나의 지인인 페르남부쿠의 가톨릭 신자가 1550년 예수회 교도들이 자신들의 단체를 그처럼 아름다운 자연이 있는 장소에 세웠다는 것을 자랑할 만했다. 현대식으로 차려 입은 이 콘키스타도르정복자·귀족는 얼마나 수다스러운지! 수많은 사람들이 그곳에서 훈련을 받았고, 그런 다음 모로 카스텔로와 모로 산 벤토 Morro san Bento 사이에 중심지를 만들고 공동체를 조직하게 되었는데, 그것이 바로 베네딕트회의 요새 수도원이다. 프랑스인들의 자부심인 **파리를 본뜬** 최신식 대로, 아베니다 리우브랑쿠의 북쪽, 시가지의 주택 지붕들 너머로 이 요새 수도원이 보인다. 조금 경멸하는 듯한 미소가 지인의 콧수염을 말아 올린다. 그의 말에 의하면 바이아에서처럼 모호 카스텔로를 떠난 예수회 회원들과 그들의 제자들은 파라나와 마라냥Maranhão으로 향했다고 한다. 그리고 브라질 모든 해안에서 조직을 만드는 데에 뛰어난 이들이 여러 도시를 건설했다는 것이다.

카브랄이 다녀간 후 털 많고 다부지며 유대관계가 좋은 데다, 고집 세며 욕심 많고, 약삭빠른 건장한 남자들이 쇄도하여 이 나라에 대한 정복이 이루어졌으며, 그 이야기를 기록으로 남길 수 있었다. 깃털 달린 펠트모자를 쓰고, 손에는 구식 보병총을 든 포르투갈인은 아메리카인들을 위협하고, 포위해서 굴복시켰다. 포르투갈 수사들은 도처에 예수수난상을 세웠다. 이들은 주위의 식인종족 간 잔혹한 전투에서 피신한 사람들을 모으고, 그들에게 세례를 주어 새로운 신자로 만든 다음, 나무꾼·인부·농사꾼으로 이용했던 세력으로부터 이들을 보호했다. 정복자들과 연합하고, 리스본의 정부가 유배를 보낸 사람들과 힘을 합함으로써 아메리카인들이 얻은 것은 익숙하지 않은 이러한 노동으로 인한 어려움뿐이었던 것이다. 그들의 형제들 대부분은 염료로 사용되는 목재인 '브라질'brasil을 베어 내고, 무성한 덤불을 가로질러 목재를 해안까지 끌고 가서, 그것들을 자른 다음 갤리언선에 싣는 힘든 일에 익숙해질 수 없었다. 과일·고기·생선을 먹으며 쾌적한 삶을 누리기 위해 투피족Tupian들은 다시 숲으로 돌아갔다. 사람들이 그들을 다시 고용하고자 하면, 이들은 저항했다. 그래서 싸움·난투극·전투가 일어나게 되고, 침략자들은 승리를 거두어 포로들을 캠프로 데려왔다. 왜냐하면 열대의 태양 아래서 작업을 하게 되면 포르투갈인들은 열이 올라서 죽기 때문이었다.

투피-과라니족들이 너무도 심하게 얻어맞고, 쫓기고, 목에 밧줄이 걸려, 리스본의 포르투갈 왕이 자금을 댄 최초의 농장주들에게 팔리는 것을 가엾게 여긴 신부들이 이 포로들 중 몇 사람을 보호하려 했다. 그들을 자신의 편으로 만들었다. 그리고 이들을 자신들의 요새, 혹은 **정복지**에 거주시켰다. 이미 절반쯤 소멸되었거나, 아직도 위협을 받고 있는 힘이 약해진 종족들을 나뭇가지로 만든 학교와 새로 만든 종탑 주위로 결집시켰다. 시대와 장소적인 어려움을 생각해 볼 때, 이러한 활동은 기적이었다.

이와 같은 은신처 마을들은 바다 근처 또는 물고기가 풍부한 강가에 식량을 구하기 편하고 방어하기에 유리한 곳으로서, 앞으로 큰 마을이나 도시로 변모하게 될 곳이었다. 개종자들의 신부들은 숲 한가운데에 교회를 건축하도록 했다. 기독교적 형제애 덕분에 호전적인 식인종들은 가톨릭과의 휴전이 유익하다는 사실을 알게 되고, 농사를 짓고 정착해서 사는 것과 평화를 좋아하게 되었다.

페르남부쿠에서 온 이 신사는 흥분해서 열광적인 몸짓으로 이러한 정책을 설명한다. 여러 가지 상황에서 볼 때, 예수회 교도들이야말로 인디오들이 상대하기 원했던 유일한 사절들이 아니었던가? 1562년처럼 단체로 모였을 때에도, 그들은 노예제 지지자 일당들을 물리치는 데에 성공했다. 노브레가와 앙치에타와 같은 예수회 교도들 덕분에 포르투갈 왕은 아메리카 영지를 보존할 수 있었다. 이들이 없었다면 포르투갈인들은 다시 바다로 돌아가야 했을 것이다. 이런 포르투갈의 완강함을 멈출 수 있는 것은 아무것도 없었다. 덕분에 포르투갈은 투피-과라니족을 순화시켰으며, 빌레가뇽의 프랑스 원정대, 나사우의 마우리츠의 네덜란드 부대, 스페인 사람들을 물리쳤다. 집념이 강한 포르투갈인들은 그곳에 정착하고, 결혼하고, 번성하여, 혼혈 후손을 낳았으며, 이들은 3대째에 이르자 크레올족이라는 이름을 갖게 되었고, 기후 조건에도 적응하게 되었다. 포르투갈인들은 자신들의 농장으로 밀림 속에서 살고 있던 아프리카 종족을 데려오도록 했는데, 카르타고 문명을 이어받은 수단왕국 사람들이 이 아프리카 흑인들을 쉽게 정복해서 팔아 넘겨 '노예해안'Côte des Esclaves 으로 끌고 왔으며 대서양을 건너는 배에 태웠던 것이다. 이 모든 것이 예수회 조직 덕분에 가능했다.

이들의 호의(예수회)에 대한 대가는 끔찍한 배신이었다. 왜냐하면 인디오들을 노예 상태로 유지할 것을 옹호하는 로마 교황청의 처사에 격분해서, 농장주들은 파문의 위협을 무릅쓰면서 항구의 하층민들을 부추겨 신부들에게 대항하도록 했기 때문이다. 18세기에 사람들은 신부들이 자신들이 담당하는 지역 주위로 인디오들의 왕국을 건설하려고 한다고 비난했다. 예수회 교도들은 1759년 왕의 명령으로 추방형에 처해졌으며, 이후 이들은 리스본의 감옥에 투옥되기에 이르렀다. 아무래도 좋다. 브라질의 모든 문명은 이와 같은 작은 군대식 공동체에 의해 만들어졌던 것이다. 이들의 수는 결코 5백을 넘지 않았다. 여러 종족의 여인들을 크레올족의 선조, 브라질 사람들의 고조부모로 변모시키기만 하면 되었던 것이다. 이토록 적은 수의 정예인원만으로 이와 유사한 결과를 얻은 사례를 과연 역사에서 얼마나 찾아볼 수 있을까?

페르남부쿠의 가톨릭 신도는 내포를 두르고 있는 산맥 쪽으로 팔을 뻗는다. 이 모습을 보고, 같은 교단의 수사들이 성가를 부르고 있는 오래된 교회로 돌아가던 프란체스코 수도회의 수사는 어이없어 했다. 그런데 바이아의 법학자는 2세기 동안 **정복**

지 교구에서 공산주의가 실천에 옮겨졌으며, 이러한 경험이 이론의 여지가 없는 여러 가지 결과를 가져왔다고 단언한다. 근대적 자본주의자들의 견해에 반해, 예수회 교도들은 이런 공동경제시스템 덕분에 엄청난 부를 축적했다. 특히 파라과이에서 그러한 경험은 더욱 분명했다. 그런데 페르남부쿠의 가톨릭 신도인 이 사람은 이런 정신을 자랑한다면서, 어째서 로욜라^{Loyola}의 제자들이 준비하고 실천에 옮겼던 공동체주의자들의 열망을 비웃고 있을까? 검은 머리가 섞여 있는 은발 머리에 매우 우아하게 펠트모자를 쓴 구릿빛 그의 얼굴은 약간 당황해서 상기된다. 회색 옷을 입은 이 변호사의 감정을 드러내지 않으려는 이런 모습은 아이러니하게도 그가 섬세한 사람이라는 것을 보여 준다. 페르남부쿠 사람은 "예수회 교도들이 인권, 인디오들의 권리를 존중했지만 반면에 오늘날 사회주의자들은……"이라고 말을 이어 갔다. 한편에선 이곳에는 사회주의자가 거의 없다고 루뱅대학에서 수학한 그가 반박하면서, 토론을 진정시키려고 했다. 무엇보다 브라질의 가장 오래된 이 경치 좋은 지역에서는 걷는 속도에 신경 쓸 필요가 없었다.

세탁부 소녀의 고귀한 용기

가파른 비탈길과 낮은 단층 주택들 사이의 골목을 오르내린다. 중간쯤에서 가로로 잘린 대문들은 머리카락이 크게 부풀어 있는 수많은 갈색 얼굴을 한 아이들에게는 창문이기도 하다. 꼬마들 중, 많은 아이들이 소란스럽게 차도를 가득 채우고 있다. 이 아이들은 사방에 널려 있는 빨래 아래서 놀고 있다. 아이들이 연을 날린다. 포르투갈, 크레올, 인디오 아이들이다. 발가벗은 흑인 아이들이 부서진 작은 계단 층계 위에 많이 앉아 있다. 초등학생들은 녹슨 층계 난간에 올라타 있다. 그리고 브라질 사람들은 50년 안에 4천만에 달하는 시민을 만들어 내게 될 다산 능력을 자랑스러워 한다. 할머니들은 개울에서 냄비를 씻는다.

여기 높은 아치 모양의 문이 있고, 그 정면은 극장 무대 뒤처럼 좁다. 교차로마다 스무 명의 소녀들이 가까이 다가와서 브라질 빈민과 귀족 모두가 갖고 있는 부드러운 상냥함으로 길을 가르쳐 주고 미소 짓는다. 오전에는 값싼 장신구로 치장하고, 채색 양산을 쓴 여인들이 산책한다. 캘리코 주름 장식이 맨발을 스치고, 비단으로 만든 리본매듭이 머리에서 번쩍인다. 나폴리 키아이아 거리에서처럼 채소 끝 부분과 밀짚을 뜯어 먹는 염소 떼를 볼 수 있다는 것이 눈을 즐겁게 한다. 수많은 세탁물들이 햇빛을 받으며 깃발처럼 장식된 모습은 타란토Taranto에서 볼 수 있는 이탈리아적인 면모를 떠올리게 한다. 살레르노에서처럼 목수와 그의 조수들은 광장에 자신들의 작업대를 벌여 놓는다. 이들은 콧노래를 부르며 대패질을 한다. 바느질꾼들은 벽을 등지고 그늘에 앉아 수다를 떤다. 가장 가난한 집조차도 열려 있는 덧창으로 실내 벽을 장식하고 있는 성화들, 소파, 등나무로 만든 응접실용 의자 네 개 등을 소유하고 있는 것이 보인다.

무겁게 쌓여 있는 시트 더미 아래, 신중해 보이는 갈색 얼굴을 한 소녀는 햇빛이 강렬함에도 불구하고 비틀거리거나 눈을 깜박이지 않는다. 그녀는 자갈투성이의 비탈길을 힘겹게 올라간다. 가슴이 나온 소년 같은 몸에 산들바람이 불어오자, 인디오식 작은 블라우스가 몸에 딱 달라붙고, 긴 다리 위로 분홍빛 짧은 치마가 달라붙는다. 솜털이 난 가녀린 다갈색 종아리는, 뼈가 앙상한 허리로 무거운 짐을 지탱하느라 휘어져 있다. 그 근처 집들의 문지방 위에는 여러 명의 자녀들을 둔 어머니들이 몸을 굽힌 채 아이들을 야단치거나 귀애貴愛하고 있다. 그녀들처럼 페르남부쿠의 가톨릭 신도와 바이아의 변호사는 그들의 국가적 노력의 상징인 견습 세탁부 소녀의 용기를 격려한다. 그들은 그녀를 애처롭게 여기며, 칭찬한다. 아이는 가까스로 한 음절로 응답한다. 소녀는 높은 곳으로 올라간다. 피부가 튼 그녀의 발가락들은 자갈들을 꽉 잡는다. 고대 그리스 건축물에서 볼 수 있는, 광주리를 인 처녀를 닮은 소녀의 얼굴은 아주 잠깐 찡그려진다. "라틴 금욕주의의 상징이 저기 있군. 브라질 비너스 안에 살아 있는 코르네유의 비극적 영혼." 완고한 변호사가 중얼거린다. 그녀는 똑바로 서서 눈부시게 빛나는 회벽 사이로 작은 언덕을 걸어 오른다. "자부심을 가지고 의무를 완수하는 것, 이것이야말로 가톨릭 미덕의 전부라고 할 수 있지." 페르남부쿠의 교수가 외쳤다. 원주민들이 그렸을 아기천사, 어린 사도 요한과 형제임에 분명한, 지저분한 얼굴을 하고 즐거워하는 수많은 아이들. 지중해의 빛 속에서는 '콰트로첸토'Quattrocento 시대*의 그림속 아이들일 이들에게, 마침내 광장 언덕에 도달한 소녀는 미소짓는다. 그렇지만 활 모양으로 휜 그녀의 가녀린 팔은 허리에 놓인 손부터 어깨까지 떨리고 있다. 소녀는 게으름을 피우지 않았던 것이다. 그러나 아메리카-포르투갈인의 약간 투박한 얼굴에서는 땀이 비 오듯이 쏟아지고 눈물처럼 빛난다. 이제 모든 건물 파사드 발치에서는 더 이상 동정 어린 시선들이 이 고된 노역을 향하고 있지 않다. 그녀보다 나태한 옷을 수선하는 이들의 손에서 바늘이 멈추고, 그녀보다 느린 벽돌공의 손에서 흙손이 멈추고, 지친 도장공의 손에서 솔이 멈춘다. 소녀는 가 버린다.

소녀가 자신의 임무를 완수하기 위해서는 그들의 힘에서 가장 중요한 것을 빌렸을지도 모른다는 생각이 든다. 이런 식으로 이들의 선조들은 리스본의 성 히에로니무스의 수도원 안에서 카브랄이 기도하는 가운데, 희망을 가지고 염원하던 작업을 완수했던 것이다. 처녀 아이의 약간 투박한 얼굴에 열대 숲을 손에

---

* 15세기 이탈리아 초기 르네상스 시대. 마사초, 프라 안젤리코 등과 같이 뛰어난 화가들과 건축가들이 활동했던 시기를 일컫는다. 16세기 레오나르도 다 빈치와 미켈란젤로의 탄생을 예고했던 미술의 황금기였다.

넣었던 포르투갈인들의 생명력과 연대감이 다시 살아난다. 그들은 그녀처럼 곧고 매끄러운 머리를 가진 인디오 여인들을 어루만지며, 힘을 얻기 위해 휴식을 취하지 않았을까? 아프리카인의 눈을 가진 그 아이는 사탕수수·커피·쌀·담배를 경작할 수 있는 흑인들의 힘을 가지고 있다. 힘이 센 그녀의 종아리는 물라토인이 소유한 조급함으로 떨린다. 그녀의 우아한 자태는 기술技術에 관심을 갖고 있는 크레올인의 감수성을 감추고 있다.

그 기술로 인해서 이 언덕에 태양을 등지고 교회와 두 개의 종탑을 만들 수 있었으며, 흰색 문과 다양한 주택이 있는 이 구역을 만들 수 있었다. 주택의 푸른 그늘 아래로 중세풍의 모자가 달린 옷을 입은 프란체스코회 수사, 펠트모자를 쓰고 잡동사니를 실은 암노새 위에 앉아 있는 포르투갈 상인들, 달리기놀이를 하느라 머리가 헝클어진 투피남바스족 구릿빛 소녀들, 노란색 제복의 흑인 병사들, 폭이 좁은 바지와 간소한 옷을 입은 아버지들의 다리 주위를 겹겹이 둘러싸고 수많은 아이들이 지나간다. 어린 소녀가 언덕을 오른 것은 17세기와 같은 상태에 머물러 있는 이런 군중들의 동정 어린 공감을 불러일으킨다. 그리고 이들은 회상하고, 소망한다. 짐을 지고 흰색 아치를 넘어 오른쪽으로 돌아서 계속해서 작은 언덕을 올라간 그 소녀는, 수많은 섬들과 수많은 함선의 돛대 아래 반짝이는 바다와 먼 산과 마을 그리고 도시에서 반사되는 빛, 해변을 따라서 휘어져 있는 둥근 천장과 첨탑이 있는 수도의 화려함에 마음이 사로잡혀서, 교회의 쌍둥이 종탑, 거리의 소음, 공장의 연기, 전신이나 전화를 위한 전선망, 사이렌의 노호怒號, 작업 중인 공장 근처의 숨가쁨 등에 시선을 고정시킨다. 이런 멋진 광경을 이미 잘 알고 있음에도 불구하고 아이는 잠시 쉰다. 이것이 바로 노력한 끝에 얻은 보답이다. 먼 산과 가까운 산이 푸른빛으로 가장 아름답게 둘러싼 이 바다에는 고기를 잡는 새의 그림자가 비치고, 수많은 항구들이 흩어져 있으며, 선거船渠는 대서양·발트해·지중해 여객선의 기중기에 의해서 쏟아지는 지구상의 모든 상품들을 욕심 많고 풍요로운 입구로 삼켜 버린다.

바이아의 변호사는 항구의 이런 움직임을 브라질의 활동적인 풍요로움이라고 평했고, 그것은 페르남부쿠와 바이아에서 농장주와 아프리카 일꾼들이 예전에 마련해 둔 것이라고 했다. 이제 이러한 풍요로움은 상파울루, 리우데자네이루, 에스피리투산토의 여러 주에서 라틴 계열의 이민자들의 작업에 우호적인 공화국 정책에 의하여 더욱 증가했다. 그뿐만 아니라, 세아라, 마라낭, 파라나Paranà, 아마조나스Amazonas 등에서 '세렝게이루스'아마존 강 유역에서 야생고무를 채취하는 사람들은 전 세계 고무 수요의 40퍼센트를 공급하고 있다. 리우그란데두술과 산타카타리나의 농학자들은 가장 적당한 기후 아래 가장 비옥한 토양의 능력을 배가하고 있다. 미나스제라이스Minas Gerais에서는 기술자들이 황금, 철과 동을 함유한 황철, 망간을 수출하고 있으며, 곧 강철도 수출하게 될 것이다. 상파울루는 전 세계 커피 수요의 70퍼센트를 공급하고 있다. 소녀는 약한 숨을 몰아 쉬면서 내해의 광휘를 응시한 다음, 내려오는 작은 길로 접어들었다. 힘이 덜 들었기 때문에 발걸음은 더욱 빨라졌고, 민첩해졌다. 깃발처럼 거리를 장식하고 있는 빨래들 사이를 통과하여 모호 카스텔로 기슭을 지나, 매우 라틴적인 도서관과 보자르 건물 사이를 통과하는 신시가지 중앙 대로 쪽으로 갔다. 넓은 차도에 도달하자마자, 소녀는 짐과 함께 군중 속에 섞여 버렸다.

리우의 휴일

아프리카인 같은 그녀의 눈, 포르투갈 사람 같은 그녀의 얼굴, 인디오 같은 그녀의 자태는 호화로운 모피로 휘감은 수많은 여인들 속에 다시 나타났다. 마침 대로에 사람들이 많이 몰리는 토요일이었고, 상점에는 수많은 미인들이 파리·빈·함부르크에서 온 상품을 고르러 가는 날이었다. 이날은 얌전한 아이들을 영화관으로 데리고 가는 날이기도 한데, 영화관에는 거대한 광고판이 눈길을 끌고 있다. 총천연색 시네마스코프들을 그린 것인데, 바싹 붙어서 사랑의 대화를 나누고 있는 매혹적인 여인들과 신사들, 원시림에서 격투를 벌이는 사냥꾼과 표범들, 오지에 철도를 부설하고 있는 공병들이 기관차에 적대감을 가지고 화살을 쏘는 인디오들에게 '라이플총'으로 반격하고 있는 모습 등이 그려져 있다. 극장 앞에는 전차들이 짧은 간격을 두고 호텔의 진홍빛 둥근 천장 아래로 꼬리를 물고 들어오고, 세탁부 소녀만큼이나 심각한 얼굴의 신사들을 쏟아 낸다. 새 정장을 간소하게 차려입고, 회색 펠트모자를 쓴 이 신사들은 지옥의 고통을 생각하는 침울한 '피달고'의 모습을 하고 있다. 프랑스의 경가극에서 볼 수 있는 유쾌한 브라질 사람들은 별종이거나, 전설 속의 인물 또는 이제는 사라져 버린 유형이다.

지나가는 행인의 복장에서도 속죄자의 두건을 쓰고 기도를 하는 데에 익숙한 유럽의 선조들, 추장의 외투를 입고 사형선고를 하는 데에 익숙한 아메리카 선조들에게서 물려받았을 법한 근엄함이 보인다. 이렇게 이들은 환희하는 모습을 전혀 보이지 않고, 미소 한 번 짓지 않고, 상점과 자신들의 호화로운 거리를 따라 지나간다. 이들이 여인네들에게 인사를 건네느냐? 감히 말도 건네지 못한다. 품위를 지키고자 하는 마음 때문에 무감동하게 보이려는 듯하다. 적어도 태도는 그렇다. 흑인도 운이 좋다면 신사가 되거나 더욱 존경받을 수도 있는데, 이들도 이런 규칙을 지킨다. 말하자면 켈트족 기독교의 엄숙함, 영국식 냉정함에 대한 찬미와 인디오들의 근엄함이 오늘날 브라질인들을 우울하고, 조금은 거만한 귀족적인 모습으로 만들었다고 할 수 있다.

토요일마다 대로를 거닐거나, 영화 상영관에 몰려들거나, 이탈리아 오페라, 프랑스 코미디, 스칸디나비아 드라마를 상연하는 날 화려한 시립극장에 자신의 모습을 과시하러 오는 등, 모든 장소에서 사람들은 품위 있어 보인다.

엘리트들의 얼굴에는 더욱더 이런 전통과 자신들의 출신을 드러내는 흔적이 강하게 보인다. 수요일마다 보타포고로, 사람들을 만나기에 좋은 공원들로 향하는 수많은 자동차에는 멋지게 성장한 아가씨들과 젊은 여인들이 있다. 화려한 깃털 장식이 달린 모자를 쓴 이들은, 인간의 고통으로 슬퍼하는 성모처럼 보인다. 다갈색 피부의 아름다움을 한층 드러내며 크레올인의 큰 눈을 더욱 빛나게 해주는 귀에 달린 값비싼 진주도 아무 소용이 없다. 아가씨들을 날씬하게 만들어 주는 것은 물론, 젊은 어머니들의 완숙함을 더욱 잘 드러내 주는 파리풍의 미용술도 아무 소용이 없다. 이런 치장은 이들에게 멋 부리는 일의 즐거움을 전혀 느끼게 하지 못하고, 과시하는 느낌만 준다. 로마의 귀족 여인들이 전차에 앉아 있는 것처럼 이 여인들은 자신들의 자동차에 당당하게 앉아 있다.

타원형의 창백한 얼굴을 하고 검은색 리본으로 머리를 장식한 이 여인들은 자신들이 말을 하는 것도, 남들의 말을 듣는 것도 즐기지 않는다. 긴 흰색 장갑을 끼고 손짓을 하는 모습은 아름다움만큼이나 당당하다. 이러한 손짓은 존경심을 강요한다. 이런 제스처는 전혀 우정을 바라지 않으며, 열정은 더욱 그러하다는 것을 보여 준다. 고귀함이 이들을 긴장시킨다. 약해지지 않기 위해서, 그리고 자신의 임무를 완벽하게 해냄으로써 본보기를 보여 주기 위해, 무거운 짐으로 몸이 굳어 있던 어린 세탁부 소녀의 좀더 야생적인 얼굴도 역시 동일한 고귀함으로 긴장되어 있었다.

광활한 경치의 경이로움, 에메랄드빛 섬들이 있는 쪽빛 바다, 여객선들이 늘어서 있고 태양이 빛나며 소란스럽게 작업이 진행되는 해안 도시들을 굽어보는 아련한 높은 산들과 숲이 우거진 언덕. 뾰족한 봉우리가 있는 지평선과 흰 갈매기가 날고 있는 하늘 아래에서 비스듬하게 돛을 단 보트들의 질주. 남쪽으로 노트르담 뒤 봉부아이야주 성당이 서 있는 암초와 팡데아수카르의 매끄러운 바위 사이로 열려 있는 좁은 수로가 멀리서 보이는 통로. 이와 같은 모든 아름다운 광경의 장엄함, 그 어떤 것도 그들의 사색적이고 엄숙한 영혼을 달래 주지 못한다. 영원한 장엄함을 가진 자연은 그 자신의 숙명과 숭고함을 가지고 이들에게 스며든다.

한편 서쪽으로는 푸르른 산맥이 있고, **세하 두 모호**에서부터 빛나는 바다를 등지고 늘어서 있는 나무들이 아주 작게 보이는 산타 테레사 꼭대기까지 열대식물들의 공원 속에 구역·교외·마을·촌락마다, 분홍·노랑·파랑의 수천 개의 주택들이 높은 곳에 올라 앉아 있다. 다채롭고 셀 수 없이 많으며 아름다운 여러 층으로 된 도시를 응시하고 있노라면, 많은 사람들이 맨발과 유연한 몸놀림으로 경사진 길을 시끄럽게 내려온다. 빽빽한 전차에 올라타는 사람들, 노새가 끄는 마차 뒤를 달리는 사람들, 자동차와 같은 속도로 달리는 사람들, 앞으로 부자가 될 거라는 미래의 희망을 가진 수백만의 사람들을 보면서, 어떻게 엘리트들의 심장이 더 세게 뛰지 않고, 자부심이 더욱 강해지지 않을 수 있을까? 보물과 의지를 창조해 낸 민족을 400년 동안 고무시켰던 이러한 열정의 상징이자 대가인 우아한 아내들의 얼굴이 어떻게 기쁨으로 더욱 빛나지 않을 수 있을 것인가?

그렇지 않다. 당연히 가질 만한 자부심 역시, 구릿빛 둥근 타원형의 얼굴 속눈썹 아래, 포르투갈·인디오·아프리카인의 눈 속에서 냉정해 보인다. 외출 나온 여인들은 무관심한 채 물라토인 운전기사가 이끄는 대로, 아메리카 전체의 법률가와 학자들이 모여드는 의회가 있는 하얀색의 몬로에 궁을 스치듯 지나간다. 그녀들은 무심하게 실개천, 조각상, 바다 쪽으로 향한 테라스 위로 넝쿨식물과 잎이 무성한 가지를 늘어뜨린 웅장한 나무들이 있는 작은 정원 앞, 사각형의 잔디밭과 꽃이 피어 있는 화단을 따라 지나간다.

별다른 이유도 없이 자동차가 속도를 내어 넓은 광장을 돌고, 태양은 춤 그림이 그려져 있는 프레스코화 사이, 파사드 발코니에서 자태를 뽐내고 있는 아름다운 이탈리아·프랑스 여인들의 눈길을 받으며, 알록달록한 운동복을 입고 축구 시합에서 이기려고 뛰어오르고, 싸우고, 솟구치며, 팀으로 운동하는 사람들의 두껍게 땋아서 푸른빛이 도는 머리타래를 비춘다. 여기서 벗어나 눈을 들면, 글로리아 언덕과 매우 우아한 교회가 보인다. 교회의 푸른색 벽은 하늘과 맞닿아 있고, 멀리 그 앞에 종려나무가 줄지어 있는 것이 보인다. 신세계에서 이 나라가 영향력을 점점 넓혀 가고, 관료들의 기지로 풍요로운 자연을 개발하며, 미래를 만들어 갈 수많은 튼튼한 청년들 안에 올바른 믿음이 있고, 이러한 위대함을 만든 힘의 원천인 기술을 신뢰하고 있음에도 불구하고, 그것들 중 어떤 것도 이 여인들을 흥분시키지 못한다. 이 모든 것은 오히려 노력과 용기를 배가시켜서 이 나라를 다른 지배 국가들과 동일하게 만들고 싶고, 그러기 위해서는 할 일이 아주 많다는 생각만 하는 것이 아닌가 하는 생각이 들게 한다.

브라질 사람은 기독교인, 실용주의자, 군국주의자 또는 자유주의자로서 의무를 준수해야 한다는 강박관념을 갖고 있다. 그것은 엄격한 얼굴에만 드러난다. 언제나 상냥한 예의 바름조차 즉각적으로 지나치게 형식적인 것이 된다. 사교계의 규율이 이처럼 엄격하게 지켜지는 곳은 절대 찾을 수 없을 것이다. 부주의로 명함을 건네지 않거나, 손님을 초대해 놓고 서열 규칙에 맞추어 식탁에 앉게 하지 않는 그런 일들은 절대로 용서받지 못한다.

한편 아래쪽 도시 중앙에 있는 모호 위, 꽃이 만개한 수많은 정원과 그늘진 골목들, 분홍·노랑·파란색을 칠한 호화 별장들이 있는 미로의 정상, 종려나무 회랑 앞에 세워진 자그마한 글로리아 교회를 태양이 비출 때, 지구상에서 이보다 더 숨 막히게 아름다운 광경은 없다. 이곳에서는 숲이 울창한 높은 산으로 빙 둘러싸인 아름다운 모습과, 바다, 닻을 내린 함대들, 정말 아름다운 섬들, 열성적인 산업활동으로 장식된 산이 많은 해안 등을 볼 수 있다. 남자들과 대지가 만들어 내는 이러한 축제 한복판으로, 무심한 여인들은 자동차를 타고 빨리 지나가 버린다. 잘 정비된 시청 화단과 잔디밭을 감상하면서 자동차들은 애국자들의 동상 주위로 계속 달린다. 이것은 라파, 글로리아, 플라멩고 강변에 몽소 공원과 쿠르라렌을 이어놓은 듯하다. 이 멋진 광경은 거의 15킬로미터에 걸쳐 이파네마 해변까지 계속 이어진다.

제국과 공화국

아프리카 초병을 바라보는 사람들의 눈길은 호의적이기만 하다. 아마포 제복을 입은 이들은 카테테 대통령궁을 둘러싸고 있는 정원의 철책에서 보초를 서고 있으며, 장관들과 존경받는 에르메스 다 폰세카 대통령이 업무를 보도록 지키고 있다. 현재 브라질의 명운을 좌지우지하는 것은 보수당이며, 보수당은 여러 연방 주들의 통합 임무를 완수하는 데에 힘을 쏟고 있다. 이 연방 주들은 물론 충성스럽기는 하지만 서로 시샘하면서 자신들의 독자성을 보존하려는 경향을 가지고 있는데, 이는 결국 전체의 번영에 저해가 되고 있었다. 또한 대통령과 장관들은 1889년 돈 페드루 2세Don Pedro II의 양위 후, 그를 넘겨 준 바로 그 국정 자문회의에서 제정주의자들에 의해서 옹호를 받았었다. 그리고 현 대통령의 삼촌인 초대 대통령 마누에우 데오도루 다 폰세카 자신이 분명히 공화국을 선포했었다.

파이산두 거리에서부터, 수많은 자동차들이 도로를 따라 심어 놓은 종려나무 뒤편 주택지, 정원과 분홍색 호화 별장이 두 줄로 늘어선 사이로 도착한다. 이곳은 제정주의자들이 선호하는 지역이다. 그 이유는 이 대로가 끝나는 곳에 구아나바라 궁전의 흰색 파사드가 나뭇잎 사이로 보이기 때문이다. 노예들의 해방자인 이자베우 공주의 거처였던 이 궁전. 결국 자신의 관대함으로 파멸을 초래하고 왕위를 내어 놓아야 했던 이의 궁전에 여인들은 감동에 찬 눈길을 보내며 변함없는 사랑을 보낸다. 투명한 차창 아래로 여군주의 지나친 관대함을 애석해하는 말들이 교환된다. 누구의 말도 들으려 하지 않고, 그녀는 너무 빨리 노예해방을 선언했던 것이다. 1888년 해방법령이 농장주들의 비난을 더욱 거세게 만들었고, 이들은 곧이어 제국의 반대파가 되었으며, 열렬한 공화국 지지자가 되었다. 그들의 의견은 장교들과 데오도루 다 폰세카 원수의 지지를 얻었다. 그들은 예를 갖추어 돈 페드루 2세에게 유럽으로 떠날 것을 강요했다. 그의 망명을 애석해하지 않는 사람은 아무도 없었다. 바이아의 법학자처럼, 다른 민법학자들 역시 마지막 황제의 군주로서 그의 치적을 기리는 기념비를 세우는 것에 찬성했던 것이다. 그는 정치적 공평무사함을 보여 준 보기 드문 군주였으며, 그가 한 모든 일은 브라질 사람들과 그들의 폭넓은 지성을 드높이는 것이었다.

"아, 어째서 돈 페드루 2세는 예측이론에 설득당했을까?" 보수파들은 이렇게 한탄했다. 어째서 그 자신이 사제와 병사가 없는 이상적인 왕국을 선포했던 것일까? 인간의 훌륭함, 인간에 의한 혹은 신에 의한 형벌을 두려워하지 않고 사회 안에서 살아갈 수 있는 인간의 능력을 믿었던 것은 환상이었다. 그리고 주위 사람들조차 그를 보호해 주려고 하지 않았다니, 얼마나 배은망덕한 일인가. 그의 부친처럼 돈 페드루 황제는 수많은 사람들을 결집시켰었다. 이 집에는 그가 하사한 남작관男爵冠이 있다. 이 집은 커피 재배로 부유해진 상파울루 사람의 집인데, 그는 포르투갈의 왕으로부터 자작의 지위를 받았다. 포르투갈의 도서관과 병원 관리를 위해 반드시 필요한 큰 금액을 내겠다고 약속했고, 리스본의 영향력을 유지하고 증가시키는 이런 시설에 유지비를 지원했으며, 터무니없이 타호 강이 베 상파레이Baie Sans Pareille 강변이라도 되는 것처럼, 브라간사Bragança로 돌아가기를 꿈꾸는 사람들의 생활비를 지원했기 때문이다. 분홍빛 저택들, 회반죽으로 만든 장식 왕관과 석고로 만든 작은 조각상이 있는 이런 집들 중 페르남부쿠의 가톨릭 신자가 보기에 사연을 가지지 않은 집은 하나도 없다. 그는 이들이 부를 쌓은 다음, 어떻게 해서 귀족 작위를 받게 되었는지 소상하게 알고 있었다. 그는 무슨 이유로 이런 주택의 소유자들이 포르투갈의 여러 기관에 대해 그토록 너그러울 수 있었는지 알고 있었다. 어떻게 해서 사람들이 로마에서 많은 기부금을 낸 대가로 진주가 박힌 왕관을 얻었는지, 그는 알고 있었다. 바이아의 법학자가 비꼬는 말을 한다면, 가톨릭 교도는 이렇게 작위를 받은 사람들은 거의 모두가 그런 특전을 받을 만했다고 대답할 것이다. 위대한 개척자, 아메리카인들을 길들인 교육자, 대중 식량공급에 반드시 필요한 식물을 재배하는 자, 황금·보석·설탕·커피·담배 수출업자, 이들은 모두 다소간 자신들의 영지를 확장하면서, 도시를 건설하면서, 완강한 야만족들을 물리치면서, 노동자를 모으면서, 맹수들을 전멸시키면서, 국가의 부와 사회적인 관행을 만들었다. 유럽의 구 귀족들이 이보다 어떻게 더 잘할 수 있단 말인가? 도로 옆, 가로등 가까이 새롭게 총안銃眼을 낸 망루의 삼각 면에 도자기로 만든 이 거대한 문장이 조금 지나쳐 보이기는 하지만, 그것은 처음으로 문명을 가져온 사람들, 세바스티앙Sebastião 왕이 바이아, 페르남부쿠, 에스피리투산투, 리우데자네이루, 상비센치São Vicente 왕궁 관할구역으로 보냈던 귀족 군인들에 대하여, 그의 신심 깊은 제자 누군가가 그저 존경을 표시하는 것일 뿐이다.

바다 위로 가파르게 솟아 있는 뷔바^{Viúva} 산 때문에 광장들과 주택들의 연속성이 끊어진다. 그래서 수요일에 모인 사람들은 쾌적한 작은 호텔들이 있는 '리가상 대로'^{Estr. da ligação}를 따라 산 아래쪽으로 우회해야 했다. 금세 보타포고 만이 나타나고, 넓은 화단과 큰 사각형 잔디밭이 편자 모양으로 크게 곡선을 그린 만을 둘러싸고 있다. 승마용 인도, 대칭을 이루는 작은 숲, 동상 주위의 교차로 등 모든 것이 산책 공원을 구성하고 있다. 저 멀리 해변과 나란히 여러 주택들이 안쪽으로 휘어져 자리 잡고 있다. 오래되고 저층이며 파란색을 칠한, 상점용 아케이드가 열려 있는 이 집들 중, 몇 채는 과거의 풍습에 충실한 나이 많은 브라질 사람들의 거처다. 최근에 지어진 다른 집들은 은색 창살과 꽃바구니가 있는 흰 사각형 주택으로 신흥부자들이 살고 있다. 채광창으로 둘러싸이고, 여신상 기둥들이 받치고 있는 작은 궁전과 흡사한 주택들은 외국인 기술자를 위한 호텔이다.

프랑스의 영향

이공과대학 출신인 그랑마송 같은 프랑스인은 기업을 만들어 엄청난 부를 얻었고, 프랑스 백과사전파 시대의 전통에 따라 장식하고 가구를 배치한 이런 타입의 저택들을 많이 지어 자신의 멋진 솜씨를 발휘했다.

1912년 브라질의 엘리트 정치가들 중 탁월한 능력을 가진 아제레도 상원의원은 수도의 아름다움을 만들어 내는 작은 만들 사이, 보타포고 만이 만들어 내는 비할 바 없는 아름다운 풍경을 앞에 둔 대가족을 위한 저택을 건설하고 가구를 채웠다. 나는 이 뛰어난 웅변가가 18세기 프랑스의 모델, 백과사전파 시대의 모델로 건축과 가구 스타일을 선택한 데 대하여 감사했다. 아제레도 상원의원은 라틴 아메리카의 독립이 입헌주의자와 같은 프랑스의 **사상가**들로부터 직접 영향을 받은 티라덴테스, 프란시스코 데 미란다베네수엘라의 혁명가, 시몬 볼리바르, 호세 데 산마르틴라틴아메리카 독립운동의 지도자 등의 노력으로 이루어진 것이며, 우월한 라틴 지성이 자신의 사상과 용감한 군대로 사람들을 해방시켰다는 사실을 라틴 아메리카가 인식하지 못한다면 정말 은혜를 모르는 일이라고 내게 말했다.

우월함은 정치적인 것만이 아니었다. 라부아지에, 몽즈, 베르톨레, 라플라스 등의 과학과 1800년 전 기독교가 가져왔던 변화만큼이나 크게 산업화가 삶을 바꿀 수 있다고 강조한 생시몽주의자들의 경제철학. 와토의 뒤를 이었으며, 앵그르보다 시기적으로 앞선 프라고나르의 그림과 헤르쿨라네움베수비오 화산 폭발로 폼페이와 함께 매몰된 이탈리아의 고대도시과 폼페이의 유적을 발굴해서 로마의 정신을 부활시킨 고고학자들. 이 모든 라틴 정신의 놀라운 개화는 볼테르·몽테스키외·루소에 의해서 시작되었고, 지롱드파·바뵈프파와 함께 무르익었다. 결국엔 라틴 공화국이 재건

되었고, 국민토론에서 동의를 얻어 법률 정비가 이루어졌으며, 이 모든 것은 정의가 무엇인가에 대한 생각을 완전히 바꾸어 놓았다. 라틴인들의 영광은 현재 오귀스트 콩트의 철학에 따라 정치가들이 활동하는 라틴식 자유주의 국가들 중 한 나라의 이와 같은 18세기의 사상 덕분이 아니었을까? 그리고 아제레도 상원 의원은 프랑스의 위대한 국가적 예술 모델과 크레상, 구티에르, 불 등의 작품과 같이 우리 공예가들의 걸작을 솜씨 있게 복제한 태피스트리·콘솔·소파·액자·회화 등에 대해서 놀라울 만큼 해박하게 설명해서 나를 놀라게 했다. 이 집주인은 내게 '백과사전파'의 지적·사회적 모든 업적을 암시하는 장식품들 사이에서 지내는 것이 얼마나 행복한가에 대해서 말했다. 이러한 환경이야말로 항구와 철도·공장·여객선 등 미래의 번영에 반드시 필요한 동인動因들을 충분히 갖추기 위해서 자국의 힘을 키우고, 이제 막 위기에서 벗어난 브라질을 최대한 보호하는 방법에 대하여 생각을 정리하기에 최적의 장소라고 믿고 있었다.

또 다른 장소, 리우데자네이루의 풍경을 내려다볼 수 있는 높은 언덕 위에 열대의 호화스러운 푸르름으로 녹음이 우거지고 많은 사람들이 살고 있는 3백 개의 섬이 있는 내해에 또 하나의 웅장한 건물이 솟아 있다. 이 건물은 유명한 브라질의 커피 수출항인 산투스 항구Porto de Santos를 만든 사람의 아들의 소유이다. 열심히 일하고, 선견지명과 확실한 수완 덕분에 구엔레 가문은 도처에 큰 사업을 벌였고, 엄청난 부를 소유하게 되었다. 그로 인해 아들 중 한 사람이 코르코바도 산기슭에 화려한 주택을 짓는 꿈을 실현했던 것이다. 그런데 건축물과 그 실내장식, 생생한 그림들을 완벽하게 만든 모든 예술성은 독일 전제군주들의 눈앞에 말을 탄 로베스피에르처럼 등장했던 나폴레옹의 제정시대까지 포함해서, 또 하나의 18세기 프랑스 박물관과 같은 면모를 보이고 있다.

가족의 의미

또 다른 주택들은 사각형의 본체 하나와 외랑, 그 위에는 테라스와 난간으로 구성되어 있어서 포르투갈의 영토인 이 루시타니아Lusitania* 지방이 그리스와 라틴 예술의 모체인 지중해의 모습을 재현하고 있다는 것을 잘 보여 준다. 그런 주택들은 매우 단순한 형태로 되어 있으며, 분홍빛으로 칠했고, 크기가 작으며, 창문만 장식되어 있다. 곱슬머리 소녀들이 그 창문에 몸을 기대고 산책하는 사람들의 행렬과 유명한 가문들이 타고 있는 60여 대의 자동차를 보려고 몸을 구부리고 있다. 식민지 시대의 유령처럼 깃털 장식을 달고 장화를 신은 두 명의 기병이 장례식에서

---

* 이베리아 반도 중서부(지금의 포르투갈)를 부르던 고대 로마시대의 지명으로, '히스패닉'(Hispanic)이 스페인어 문화권과 출신 국민들을 뜻하듯이, 포르투갈어 문화권과 사람들을 가리키는 용어로도 쓰인다.

처럼 엄숙하게 말을 이리저리 뛰게 하고 있다. 멋지게 꾸민 그들의 말은 반다이크의 그림 속에서 볼 수 있는 것과 같은 갈기를 가지고 있으며, 갈기가 올라갔다가 내려오면서 망토도 따라서 내려온다. 말총이 바닥을 스친다.

이 모든 행렬은 물라토 여인들과 파리식으로 치장을 한 자녀들과 함께 작은 공원 벤치에 앉아 있는 중산층 가족들의 흥미를 끈다. 저쪽으로 무염수태 성당의 화살표가 학교를 가리키고 있고, 거기서 모슬린을 누벼서 만든 주머니를 몸에 꽉 졸라맨 초등학생들이 나온다. 꽃을 단 모자를 쓴 '모나리자' 같은 100개의 얼굴이 생기 있어 보인다. 동네마다 있는, 12살만 되면 다 성장하는 이 아이들은 정말 아름다운 아가씨 같다. 대부분 3명씩 짝을 지어 당당하게 보기 좋은 모습으로 돌아다닌다. 이 소녀들은 가톨릭 신앙을 가지고 있지만, 프랑스에서처럼 보기 흉하게 치장한 모습은 보이지 않는다. 반드시 중국식으로 머리를 뒤로 잡아당겨서 묶고, 가슴은 감추며, 굳은 표정을 하고, 분을 바르지 않아야 한다고 고해신부가 강조하지 않는다. 순진한 모습을 하고, 최대한 멋을 부린다. 이러한 사실을 잘 알지 못하는 파리 사람은, 멋진 자연 앞에서 가장 예쁜 모습이 되는 것을 즐기는 매우 고결한 이 어린 처녀들을 쉽게 접근할 수 있는 꼬마들이라고 착각할 수도 있다. 그녀들이 화환으로 장식한 넓은 모자를 쓰고 그곳으로 오는 이유는 명망이 높은 사람들, 유명한 부인들을 보기 위해서다. 부인들 중 누군가가 조카나 대녀代女를 알아본 것일까? 흰 장갑을 낀 팔을 들어올리며 오른손 손가락 두 개를 흔든다. 다빈치의 그림에나 나올 법한 소녀들의 얼굴이 마침내 미소로 환해진다. 긴 장갑을 낀 작은 팔을 올려 답례로 작은 손가락을 흔든다.

이런 일이 한번 생기자, 곧 이런 종류의 친근한 인사가 보타포고의 한쪽 끝에서 다른 쪽 끝까지, 판하르 가문, 모르 가문, 디트리히 가문, 메르세데스 가문 등과 연결된 가족들 사이에서 교환된다. 투명한 유리창과 검은색 칠을 한 자동차 안, 독일식 제복을 입고 무심하게 기계 장치들을 움직이면서 운전하는 두 명의 물라토 기사들 뒤에서 밀짚모자, 펠트모자, 챙이 없는 모자, 깃털 달린 모자를 쓰고 있던 사람들의 얼굴이 환하게 밝아진다. 엄숙하기까지 했던 심각함은 얼굴에서 사라져 버린다. 여인들의 하얀 손가락, 남자들의 맨손가락은 내뻗은 팔 끝에서 열광적으로 탱고를 춘다. 립스틱을 칠한 입술들은 고른 치열을 드러내면서 들어 올려진다. 침울해 보이는 브라질 사람들은 한순간 유쾌해 보인다.

왜냐고? 가족들이 서로 인사를 나누고 있기 때문이다. 사촌들과 삼촌들, 종손자와 조부모들, 피후견인과 후견인이 서로 알아본다. 활기차게 손짓을 한다. 단지 이 하나만으로, 가족이라는 느낌만으로, 브라질 사람들은 그들의 형식적인 예절을 멈춘다.

이런 다산 사회에서 친척관계는 무한히 증식된다. 결혼으로 연결된 다른 그룹의 사람들과 가까워지고, 그 덕분에 그 그룹의 일원이 되는 것이다. 시형제와 시누이, 장모와 사위, 며느리와 시아버지가 유쾌하게 인사를 나누고, 형제·사촌·친척 어른·친척들의 자녀와 그들과 친한 친구들·동료·고용인들에게도 인사를 건네는 것을 잊지 않는다. 보통 한 사람이 세 명의 형제와 세 명의 자매를 갖고 있는데, 그럴 경우 순식간에 일곱 가정이 생겨난다. 이에 더해서 삼촌·숙모로 인한 인척관계, 조카와 결혼한 질녀로 인해서 생기는 친척관계, 독일 사촌, 그들의 자녀들, 교회에서 정한 영세 대자代子, 법으로 정해진 피후견인과의 관계도 있다. 기독교인으로서의 의무만이 아니라 시민으로서의 의무를 잘 준수하는 브라질 사람들은 라틴 전통에 따라 친족을 형성한다. 이러한 전통에 의하면 상호부조의 규칙을 어기는 일이 거의 없으며, 이미 인정된 유대관계를 깨는 일은 더더욱 드물다.

이들은 오랫동안 원시림 한가운데에 고립된 대규모 농장인 '파젠다', 또는 도움을 얻을 수 있는 곳에서 가장 멀리 떨어져 있는 세르탕Sertão 지역에 살았기 때문에, 이들의 선조들은 인척들 간에 견고한 결속관계를 만들었다. 정치 분파가 그 지역에서 전쟁을 하거나, 노예들의 반란이 모든 것을 위협하거나, 네덜란드, 프랑스, 스페인, 포르투갈 파벌들이 수확물이나 가축을 징발하기 위하여 그들의 영지 주변을 배회했을 때에도, 그렇게 해서 인명과 재산을 확실하게 보호할 수 있었다. 인디오들이 숲 밖으로 튀어나왔다고? 여러 가족들은 재빨리 가문의 어른 주위로 집결한다. 사냥꾼들은 대부분 아마존 사람들이었는데, 한 무리의 부하들을 이끌고 말을 타고 왔다. 대개의 경우, 그 정도의 민병대면 아프리카인들의 폭동을 가라앉히거나, 적은 물론 정치적 반대 세력에서 보낸 대담한 말 도둑을 겁줄 수 있다. 가리발디는 이런 식으로 아름다운 '아니타'Anita를 브라질의 리우파르두Rio Pardo에서 벌인 해전에 데려갔다. 그리고 그녀는 1839년 남부 지방의 혁명의 와중에 처음으로 전투에 참여했던 것이다.

관습이 만들어진 데에는 이유가 있지만, 그 원인이 사라져도 관습은 지속된다. 브라질 사람들은 친척들 간에 서로 만날 뿐, 자신들에게는 사교생활이 없다고 말한다. 그 말을 이해하기 위해서는 이와 같은 중첩된 친척 관계를 알아야 한다. 리우의 대학 교수인 젤페쉬가 제정시대와 현재, 두 시대를 가장 잘 보여 주는 책을 두 권 저술했다. 제목은 각각 『브라질 이야기』와 『페트로폴리스』이다. 이 책을 읽으면 예전 식민시대의 삶의 모습과 현재의 국제적인 모습을 잘 알 수 있다.

5월부터 11월까지 시원한 계절에는 보타포고의 여러 호텔에서 저녁에 자주 무도회가 열리기 때문에 환하게 불을 밝힌다. 라란제이라스Laranjeiras의 저택들도 마찬가지다. 역시 구릉지인 이곳은, 과거 농장주였던 이들이 코르코바도의 지맥 위에 세운 주택들을 정원들이 둘러싸고 있다. 자녀들을 교육시켜야 한다는 생각을 한 어머니들이, 그런 생각이 들자마자 **파젠다**를 그대로 둔 채, 리우로 나와서 학교와 수도원 근처에 자리를 잡았던 것이다. 프랑스의 생클루나 생제르맹의 주택과 비슷한 이 저택들은 각각 자신만의 이야기를 가지고 있다. 사람들은 즐겨 그 이야기들을 한다. 또한 사람들은 3백 개의 섬과 내해를 둘러싸고 반짝이는 도시들을 내려다보는 코르코바도 곳에 세워진 레비아탕 Léviathan처럼 보이는 바위 아래 전개되는 이런 가족의 이야기를 글로 써 내는 것을 좋아한다. 이렇게 계보와 가족 내력을 기록한 것은 다른 곳에서는 물론 가장 풍요로운 생활을 누리며 조상들로 인해서 명성을 얻었고, 인간의 재능과 아름다운 자연이 결합된 리우에서도 제일가는 대화 주제가 된다.

4세기에 걸친 노력으로, 이 엘리트는 모호 카스텔로에 만든 경치가 아름다운 시가지에서부터 보다 쾌적한 라란제이라스까지, 세하 기슭까지, 층층으로 만든 다채로운 구역들을 넓혔다. 10년 전에는 쿠르라렌과 몽소 공원이 연속되어 있는 듯한 호화로운 베이라 마르 거리 자리가 바다 속에 잠겨 있었지만, 이제는 해변을 끼고 보타포고 만과 그 남쪽 곳까지 이어져 있다. 사우다데 해안에 있는 차도는 모호 바빌로니아를 우회하고 있으며, 프랑스의 도시 트루빌과 같은 레미까지 이어지도록 산맥을 뚫어서 만든 터널 아래를 지나고 있다.

코파카바나 해변에 먼 바다로부터 파도가 친다. 파도는 때로 우아한 별장 발코니 아래, 아스팔트 도로까지 적신다. 별장 중에는 성城처럼 규모가 큰 것도 몇 채 있는데, 그 뒤편은 신시가지 쪽까지 길게 연결되어 있어서, 철이 되면 그 저택을 소유한 가족들이 머문다. 집집마다 엄청난 수의 친척과 사촌들을 맞이한다. 이런 호화 별장의 현관은 응접실 입구에 마련되어 있는데, 광택제를 칠한 넓은 나무 계단을 올라가야 나타난다. 샹들리에 아래에서 집의 여주인은 가장 우아한 모습으로 손님들을 맞이한다. 방문객들 대부분은 상복을 입고 있다. 이들은 가톨릭 교도로서 장례 예절과 그에 합당한 모든 엄숙함을 존중한다. 매번 장례식이 있을 때마다 페드루 2세의 양위와 망명지에서의 죽음을 떠올리는 계기가 되는 것처럼 보인다. 고통스러운 회한은 조금도 억지가 아니며, 절대 기분전환으로 완화되지 않는다. 황제파 가족들의 가정에서는 그토록 자주, 철학자였던 군주의 모습에 대해서 이야기를 하곤 했지만, 슬픔으로 더 이상 말을 할 수 없다. 이야기를 나누던 사람들은 가까스로 슬픔을 진정시키고 대서양의 광경을 보면서 조금 위안을 받는다. 엄청나게 큰 대양은 구부러진 해변, 모호 두 레미Morro do Leme 쪽으로 그리고 코파카바나 요새가 있는 곳 쪽으로 해안의 주인인 크고 새로운 파도가 달려오게 한다.

어느 아름다운 날 저녁, 라우로 뮐러가 딸과 사위의 집으로 휴식을 취하기 위해 왔다. 오랜 시간 동안 일한 다음이었다. 아메리카에서 가장 큰 두 나라 사이에 협약을 맺기에 좋은 기회가 도래했고, 미국 정가는 유명한 연설가들과 정치가들을 동원해서 이 저명한 브라질 방문객을 열렬히 찬양했었다.

먼 바다 포르투갈 동쪽에서 어쩌면 타호 강에서 몰려오는 비취 빛 바닷물결, 레미 언덕 위 비스듬히 서 있는 종려나무를 공격하기 위해 몰려오는 파도, 코파카바나의 축제장 아래 무너진 바위를 공격하기 위해 소용돌이치며 폭포수처럼 쏟아지는 파도가 모래사장을 휩쓰는 동안 상복을 입은 여인들과 달변가인 신사들이 모여 라틴인의 경건함으로 기도를 올린다. 앞으로 자주 유럽으로 떠나게 될 자신들의 여정에 대해, 알바레즈 카바렐과 그의 동료들이 출발 미사를 올리는 동안 꿈꾸었을, 완벽하고 아름다운 건축물인 성 히에로니무스 수도원이 이미 완성되어 있는 리스본으로 가는 여행에 대해 신의 가호를 빈다.

옮긴이 해제

지금부터 약 100년 전, 프랑스 작가 폴 아당이 브라질을 방문한다. 미국을 방문한 적이 있었기 때문에 유럽에 비해 신세계가 얼마나 생동감 있고 활력 넘치는지, 이미 잘 알고 있었던 그였지만, 남미의 광활하고 놀라울 만큼 아름다운 자연과 그 안에서 새롭게 문명도시를 건설해 가는 브라질 사람들의 생활상을 매 순간 감탄하면서 발견하는 그의 모습은, 사회 정의를 위해 모든 기성 권력에 반대하는 무정부주의자였던 그의 또 다른 면모를 만나게 한다. 해변에 가득한 작은 섬들과 넓은 바다, 그리고 수많은 산으로 둘러싸인 리우데자네이루의 모습을 세밀하게 묘사하는 그의 모습은 그가 얼마나 아름다움에 쉽게 감동하는지 역시 잘 보여 준다.

1822년 독립을 선언하고 몇 해 후, 포르투갈의 승인을 받았고, 1889년 공화국이 되었음을 선포한 브라질은 4백 년간 포르투갈의 식민지였다. 그 덕분에 남미의 다른 나라들과는 달리 포르투갈어를 공용어로 사용하고 있다. 현재 브라질의 수도는 브라질리아Brasília지만, 1960년까지 리우데자네이루가 수도였기에 브라질에서 가장 현대적인 도시의 면모를 띠게 되었고, 아당이 그곳을 방문했을 때, 나날이 새롭게 발전해 가는 수도의 모습을 주목하고 감탄할 수 있었다. 광대한 밀림지역이었던 곳은 이제 TV프로그램에서나 볼 수 있는 것처럼, 소수의 원주민들만이 살고 있고, 안타깝게도 점점 파괴가 가속화하는 땅으로 변하고 있다.

물론 이 책은 『브라질의 얼굴들』*Visages du Brésil*, 1914에서 한 대목을 발췌한 것이다. 그래서 어쩌면 보다 상세한 정황이 없다는 점이 작가의 표현력을 더욱 강하게 드러내는 듯하다. 먼동이 터 오는 새벽, 리우로 향하는 여객선 안에서 별빛 가득했던 밤이 지나자 배에 타고 있는 사람들은 시가지의 찬란한 불빛을 발견하고는 가족들과 재회하고, 새로운 땅을 여행하고, 사업을 하려는 마음으로 부풀어 있다. 도입부에서 상당히 오랫동안 날이 밝아 오는 하늘과 바다의 광경을 묘사하고 있어서, 시적인 표현의 아름다움이 느껴진다. 배에서 바라다보는 아름다운 별빛과 대비를 이루는 것은 리우데자네이루 해안을 빙 둘러싼 가로등의 불빛이다. 인간의 힘이 만들어 낸 과학적 기술의 산물인 가로등 빛은 날이 밝아 오면서 빛을 잃어 가는 별을 대신해서 먼 항해로부터 도착하는 사람들을 반긴다.

폴 아당이 처음부터 어떤 사람들과 여정을 함께하는지 자세하게 설명하고 있지 않지만 간간이 언급되는 것으로 보아, 페르남부쿠 출신 가톨릭 신자인 지인과 또 한 사람, 바이아 출신의 변호사와 동행하고 있는 것을 알 수 있다. 세 사람이 본격적으로 등장하는 장면은 함께 카스텔로 언덕에 올라 처음 예수회 교도들에 의해서 마을이 건설되던 곳에서, 당시 실현되었던 공동체적인 삶에 대해서 토론을 벌이는 장면이다.

'콘키스타도르'라고 불리는 귀족들은 왕의 명령을 받고 새로운 땅을 찾아서 여기까지 왔고, 견디기 힘든 자연 조건을 무릅쓰고 아마존 밀림까지 전진했다. 그들은 예수회 교도들과 함께 여러 부족들을 포섭하고 기독교인으로 개종시켰으며, 앞으로 대도시가 될 마을을 건설함으로써 포르투갈의 힘이 더욱 커지도록 하는 데에 기여했다. 독실한 신자인 페르남부쿠 사람은 그처럼 놀라운 일을 가능하게 했던 기독교 정신을 찬양하며 이 나라의 발전에 기여한 선조들에 대한 자부심을 거침없이 표현한다. 하지만 그 반면, 바이아에서 온 변호사는 그런 공동체들이 표방한 것이 사실은 자본주의가 아니라 원시공산주의적인 이상이었다고 반박한다. 자본주의의 확장에 앞장섰던 기독교의 면모와, 모든 것을 함께 나누는 참된 기독교 정신에 대한 두 사람의 대화를 보면서, 과연 지금의 브라질의 모습은 어떠한가 생각해 보지 않을 수 없다.

예를 들어서 리우에서 열리고 있는 삼바Samba 축제는 브라질 사람만이 아니라 전 세계 사람들의 모여서 즐기는 커다란 축제가 되었고, 또 그 덕분에 리우는 1년 동안 필요한 모든 수입을 축제 기간 동안 얻는다. 이 두 사람과 함께 리우를 발견해 나가는 작가의 여정은 여러 가지 일화들이 중첩되어 있고, 자세한 설명은 생략되어 있어서 구체적인 시간과 장소의 추이를 알기는 쉽지 않다. 위에서 본 것처럼 이 두 사람 중, 가톨릭 신자라고 불리는 사람은 다변多辯의 혈기가 넘치는 사람으로 종종 묘사가 되고 있으며, 법학자 또는 변호사인 인물은 좀더 신중하고 과묵해 보인다. 세 사람은 자동차를 타고 이동하면서 경치 감상도 하고, 또 여러 장소를 직접 방문하면서 대화를 나누고 있는 듯하다. 투명한 크리스털과 같은 유리창과 검은색으로 칠한 멋진 자동차를 타고 있는 부자들, 외출 나온 여인들에 대한 묘사를 많이 찾아볼 수 있다.

텍스트 전체를 관통하고 있는 것은 역시 리우의 아름다운 풍경이다. 멀리서도 보이는 휘황찬란한 가로등. 점점이 흩어져 있는 300개의 작은 섬들. 팡데아수카르의 독특한 자태. 산기슭마다 마치 계단식으로 지어진 것처럼 보이는 수많은 화려한 저택들. 끝없이 펼쳐진 시가지와 자연의 아름다움을 더욱 강조하는 멋진 18세기풍의 정원들. 게다가 '모호'라고 불리는 작은 언덕들의 정상에서 내려다보면, 이 모든 광경은 마치 꿈에서 보는 듯한, 마치 이 세상의 모습이 아닌 듯한 느낌을 줄 정도라는 것을 충분히 느낄 수 있다.

절대로 빼놓을 수 없는 것은, 보석처럼 아름다운 리우의 자연과 주택들을 빛나게 하는 것이 바로 **경이로운 햇빛**이라는 사실이다. 햇빛은 "바나나나뭇잎들을 초록빛 깃털로 만들고, 숲 속에 숨어 있는 저택들을 반짝거리게 하며, 나뭇잎으로 미끄러져서 여인들의 비단옷자락이 접히는 곳에서 빛을 발하고, 거리에서 연주하고 있는 군악대의 악기에 반사되어 광장의 동상을 비추고 사람들에게 내려 꽂힌다." 열대의 강렬한 햇빛이 이 모든 장관을 더욱 돋보이게 하고 있다.

리우에서 빠질 수 없는 관광명소는 코르코바도 산 정상에 서 있는 거대한 예수상Cristo Redentor이다. 하지만 당시에는 세워지지 않았었다. 그래서 아당이 본 것은 울창한 숲이 우거진 코르코바도 산기슭에 자리 잡은 부자들의 호화 별장들과 코파카바나 해안을 마주 보는 산의 멋진 전망이었다. 물론 산비탈에는 도시 빈민들의 가난한 주택도 많이 자리 잡고 있었다. 엄숙하고 장엄하기까지 한 자연의 모습은 인성에도 영향을 주기라도 한 것처럼, 브라질 사람들의 얼굴은 숭고한 자연의 품성을 닮은 듯이 보인다.

유럽인들에게는 남미 대륙의 발견이 새로운 땅을 발견한 대단한 사건이겠지만, 이미 그곳에는 수많은 인디오들이 어머니 자연 속에서 평화롭게 삶을 영위하고 있었다. 브라질 사람들의 얼굴에 드러나는 경건함은 유럽 못지않게 오래 지속되어 온 원주민의 모습이 투영된 것이었다. 아당이 그곳에 도착하기 약 4

백 년 전, 이베리아 반도의 서부에 자리 잡은 포르투갈은 아마존의 원시림을 정복하고 인디오들과 조우했다. 우리가 잘 알고 있는 바스코 다 가마의 뒤를 이은 알바레스 카브랄 같은 유명한 항해자가 바로 당시 브라질을 서구 문명에 소개한 사람이다.

소수정예부대를 이끈 포르투갈의 용사들은 예수회 교단의 신부들을 앞세워 이른바 야만의 땅을 정복하러 왔으며, 종국에는 원주민인 인디오의 여러 부족들과 융화하면서 크레올이라는 새로운 종족을 만들어 내며, 이 땅에 정착하게 되었던 것이다. 기독교 정신에 의해 형제로 받아들인 아메리카인들만으로는 필요한 노동력을 충당할 수 없었기에, 포르투갈에서는 아프리카 흑인들을 노예로 데리고 왔고, 그로 인한 충돌과 사회적인 불안도 심각했다. 농장주들은 인디오들과 가깝게 교류하면서 이권을 독차지하다시피 하는 예수회 교단과 갈등을 일으켰으며, 흑인 노예들의 노동력을 임금 노동으로 전환하면 더욱 큰 이익을 얻을 수 있다는 계산을 하게 된다. 그래서 처음에는 노예제를 유지하고 싶어 하던 이들이 훗날 공화정을 지지하는 세력으로 변신하게 되는 것이다. 그러는 가운데 교황청과도 갈등을 겪던 예수회는 마침내 해산 명령을 받게 되고, 포르투갈 왕령에 의해서 브라질에서도 쫓겨나게 된다.

복잡다단한 이해관계들이 얽히는 가운데, 정의와 이념에 의해서 노예해방이 이루어진 것은 아니지만 노예해방은 브라질

근대화의 한 획을 긋는 사건이라고 할 수 있겠다. 고향으로부터 강제로 이주당한 아프리카인들은 낯선 땅에서 고된 노역에 시달리면서도 자신들의 애환을 담은 '삼바'로 고통을 승화시켰다. 또 한 가지 특기할 만한 일은 프랑스 식민지였던 카리브 해의 히스파니올라 섬에 흑인 노예들의 국가인 아이티 공화국이 수립되었다는 것이다. 하지만 애석하게도 지난번 지진 참사에서도 볼 수 있었던 것처럼 남미의 흑인들은 아직 빈곤으로부터 벗어나지 못하고 있는 듯하다.

결국 공화제를 지지하는 신흥 지주 계층들의 태동으로 브라질의 마지막 황제 페드루 2세는 뛰어난 업적에도 불구하고 황제의 자리를 내놓고 유럽으로 망명해서 파리에서 생을 마감하게 된다. 그는 나폴레옹이 포르투갈을 점령했을 당시 브라질로 피신한 왕족이었으며, 후에 브라질 제국을 창설하고, 초대 황제가 되었던 페드루 1세의 아들이었다. 포르투갈의 정세가 변하자 페드루 1세는 다섯 살밖에 안 된 어린 아들에게 왕위를 물려 주고 귀국했으며, 그 뒤를 이어 페드루 2세는 아주 어렸을 때부터 홀로 왕위를 지켜야 했지만, 현명함과 국민을 진심으로 위하는 정책을 펼침으로써 많은 사람들의 찬사를 받으며 50년간 국정을 운영했었다.

복잡하게 이해관계가 얽혀 있는 상황에서, 신세계 경영으로 눈을 돌린 많은 제국주의 국가들은 풍요의 땅, 브라질로 몰려들었다. 아당이 방문했을 당시엔 페드루 2세를 퇴위시키고 군사혁명을 일으켜 초대 대통령이 되었던 데오도루 다 폰세카의 조카인 에르메스 다 폰세카가 8대 대통령으로 통치를 하고 있었다.

그 당시 외무장관 라우로 뮐러는 정말로 전설적 인물이라 할 만하다. 뮐러는 이름에서도 알 수 있듯이 독일에서 포르투갈로 이주한 사람의 후손이었으며, 명석한 두뇌와 해박한 지식으로 널리 알려져 있었다. 선조가 독일계였지만 그 영향력으로부터 브라질을 지키는 데에 큰 역할을 했으며, 리우를 현대적인 대도시로 만드는 데에도 큰 기여를 했다. 아당도 그를 만난 적이 있으며, 그에 대한 많은 이야기를 들어 알고 있었음을 미루어 짐작할 수 있다. 그는 마르고 차가워 보이는, 침착한 인상을 주는 사람이었으며, 모든 일을 현명하고 공평하게 처리함으로써 높이 평가받았고, 브라질에 몰려든 전 세계의 외교관들은 그의 입에서 나오는 말에 촉각을 곤두세우고 있었다.

아당이 묘사한 정가와 외교가의 만찬 모습은 당시 얼마나 많은 나라에서 자국의 외교관들을 리우로 보내어 이권을 얻으려 애를 썼는지 잘 알 수 있다. 구아나바라 궁전이나 카테테 궁전에서 열리는 연회에서 외국 사절들은 자국의 이익을 위해서 최선을 다한다. 대머리에 전형적인 보병처럼 보이는 독일인, 창기병을 닮은 오스트리아인, 사냥꾼처럼 보이는 이탈리아 사람, 근육질의 미국인 등 외교관들과 사업가들, 군수물자 판매회사 대리인과 각 나라의 귀족들, 이들 모두 자신이 대표하는 집단의 이익을 위해 최선을 다해 힘을 겨루고 있다. 특히 독일 장관에 대한 묘사는 경쟁관계에 있던 프랑스가 어떤 시각으로 이들의 공세를 지켜 보고 있었는지 보여 준다.

자신 역시 정치적인 성향을 가지고 있었고, 인간의 삶의 모습에 관심이 많던 아당으로서는 이런 광경을 관찰하는 것 역시 매우 큰 즐거움 중의 하나였으리라. 모든 수단과 방법을 동원해서 이 독일인은 프랑스인들을 몰아내고 자신들의 영향력을 늘리려고 애를 쓰고 있지만, 그때까지 도시 2개밖에 차지하고 있지 못했으며, 다만 리우에서 가장 큰 대로 중 한 곳의 상권을 빼앗아 가는 데에 그쳤을 뿐이었다. 독일식 교육기관을 많이 세워서 좀 더 크게 세력을 키우고자 하는 그들의 노력에도 불구하고, 의학과 법학 분야에서 앞서 나가던 프랑스의 힘은 특히 사상과 인문학 분야에서 더욱 빛을 발하고 있었다는 사실을 알 수 있다.

이처럼 각 국가 간의 경쟁이 치열해지자, 외무장관 라우로 밀러는 나라 간의 싸움을 중단하고 각 국가가 자국이 원하는 것을 얻을 수 있도록 우선 서로 협력할 것을 촉구했다. 자신이 가지고 있는 혜안으로 그는 나라마다 가장 적합한 분야에서 큰 발전을 이룰 수 있을 것이라고 설득하고 격려했으며, 덕분에 브라질은 제국주의적 열강들의 공세 속에서도 어느 정도 독립성과 자주성을 유지하면서 국가 발전을 도모할 수 있었다.

브라질 사람들이 프랑스의 의학서와 법학서, 그리고 프랑스어 사전 등으로 학문을 연마하고 있다는 사실은 프랑스인의 자부심을 충분히 만족시킬 수 있었다. 이처럼 브라질의 사상과 문화에 영향을 미치고 있었던 프랑스의 사조는 계몽주의 시대인 18세기, 인본주의에 기본을 둔 백과사전적 지식과 사상·예술이었다. 아당 역시 마지막 백과사전파라고 불리기에 조금도 손색이 없는 인물이었다.

프랑스의 사상으로부터 영향을 받았기에 티라덴테스 같은 애국자의 독립 운동이 가능했으며, 라부아지에와 같은 과학자의 도움도 많이 받을 수 있었다. 생시몽의 경제철학도 브라질의 발전에 크게 기여할 수 있었다. 아당의 글 속에선 앵그르·프라고나르·와토 같은 화가들의 이름도 언급되고 있고, 볼테르·몽테스키외·루소 등과 같은 사상가들도 브라질에 은연중에 많은 도움을 주었음을 알 수 있다.

정치 분야에서는 오귀스트 콩트의 실증주의 사상이 브라질 정치인의 사상적 지주가 되었다. 건축물의 형태도 프랑스의 오페라 대로, 뤼드라페 대로, 아카데미 건물 등을 본따서 만든 커다란 대로와 웅장하고 화려한 궁전 모양의 건물이 여러 개 지어졌다. 유명한 아제레도 상원의원 같은 이는 백과사전파 시대를 상징하는 장식품, 프랑스의 뛰어난 장인들의 작품이나 그 모조품으로 가득 찬 서재에서 국정에 대하여 깊이 연구한다고 털어

놓을 정도로 문화적인 차원에서는 단연코 프랑스가 앞서 있음을 알 수 있다.

그렇다고 해도 상권을 비롯해 브라질에서 가장 막강한 힘을 가지고 있는 것은 역시 오랜 시간 동안 함께 해온 포르투갈 사람들이다. 리우에 살고 있는 포르투갈 사람들의 면모를 가장 생생하게 엿볼 수 있는 일화는 포르투갈 상인에 관한 내용들이다.

유럽에서 이주해 온 사람이 정육점을 열고 최신식 기술로 고기를 다듬어 팔게 되자, 브라질 사람들도 이 가게를 자주 찾게 되지만, 포르투갈 상인들은 결코 그대로 두고 보지 않는다. 모든 수단과 방법을 강구하고, 힘을 합하여 이 사람이 본국으로 돌아갈 때까지 공격을 멈추지 않는다. 이렇게 단결된 힘으로 자신들의 상권을 지키는 것이다. 이런 일은 단지 이 정육점에서만 일어나는 것이 아니다. 아당은 채소가게에서 불평을 한 대가로 식료품을 살 수 없게 되어 버린 사람의 이야기도 소개하고 있다. 양상추를 사려던 여인이 너무 비싸다고 불평을 하자, 그 다음 날부터 아무도 그에게 물건을 팔지 않게 된다. 만일 누군가 몰래 이 여인을 도와준다면 그 사람마저 따돌림을 받게 되어 더 이상 장사를 할 수 없도록 만들어 버린다.

결국 사람들은 포르투갈 상인들이 제시하는 가격에 아무런 항의도 하지 못하고 그들이 가격을 매긴 대로 값을 치르게 된다. 만일 물건이 많이 생산되어 쌓여 있을 경우가 생기더라도 물건

값을 깎지 말아야 한다. 적정한 가격을 유지하기 위해서 이들은 남는 물건들을 그대로 바다 속에 던져 버려 어떻게든 가격을 높게 유지할 것이기 때문이다.

이뿐만 아니라 포르투갈 상인들과 사업가들은 흑인이나 물라토 여인들을 통해서 고객들의 정보를 완벽하게 파악하고 있어서 언제 누가 어떤 상황에 처하게 되었는지 잘 알고 있고, 절대로 손해 보는 일을 당하지 않는다. 직원들의 임금도 철저하게 낮게 유지하고 있어서 대다수 브라질 사람들은 가까스로 생활을 유지하고 있다. 물가가 비싸기로 치면 만만치 않았을 프랑스에서 온 여행자인 아당조차도 리우데자네이루의 비싼 물가에 고개를 흔든다. 폴 아당은 이렇게 모든 것이 비싸기 때문에 사회적으로 여러 문제가 발생할 수 있는 소지가 있다는 점을 지적한다. 정당한 사회를 실현하기 위하여 정치 분야에서 투쟁해 온 그의 입장에서는 당연한 생각일 것이다. 그러나 어쩌면 포르투갈 사람들은 그처럼 막무가내로 강한 결속력을 유지해 왔기에 브라질에서 사업을 계속할 수 있었는지도 모르겠다. 지나치다고 생각할 수도 있는 포르투갈 상인들의 횡포이지만, 선량한 브라질 사람들은 모두 감내한다. 왜냐하면 브라질 사람들에게 포르투갈 사람들은 오랜 시간 동안 알고 지낸 형제이고, 자신들의 나라가 발전하도록 많은 도움을 준 고마운 이들이기 때문이다. 영악한 포르투갈 사람들은 그런 사실을 잘 알고 있다.

완전히 동일하다고 볼 수는 없겠지만, 브라질 사회에서 가족의 결속력은 포르투갈 상인들의 단결력 못지않다. 도시에서 멀리 떨어진 원시림 한가운데에 마련된 농장에서 삶을 영위하던 브라질 사람들은 서로 의지할 수밖에 없었고, 외부로부터 공격을 받거나 어려운 일이 생겼을 때, 서로 힘을 합해서 난관을 헤쳐 나가야 했다. 또 아이들을 많이 낳는 전통을 가지고 있었기에 결혼으로 인해서 수많은 사람들이 친척 관계를 맺게 된다. 포르투갈 상인들의 단결력 때문에 모든 생필품의 가격이 턱도 없이 비싸게 유지되고, 결국 집 밖에서는 호사를 누릴 수 없었지만, 가정에서, 그리고 친척들 간에는 서로 화목하게 좋은 관계를 유지하면서 살고 있었던 것이다. 그렇긴 해도, 주말이면 많은 사람들이 영화관에 가서 당시 유행하던 총천연색 시네마스코프를 감상하고, 또 오페라를 보러 가고, 길을 거닐며 친척들·친구들과 인사를 나눈다.

아당은 브라질 남자들이 심각한 얼굴을 하고 있고, 브라질 여인들도 무심한 얼굴을 하고 있지만, 친척들이나 지인들을 만날 때에는 완전히 다른, 너무도 유쾌한 모습이 되는 것을 발견한다. 그만큼 가족이 그들의 삶에 있어서 중요한 부분인 것이다. 그리고 이들이 심각한 얼굴을 하고 있는 것은 앞으로 더욱 키워 나가야 할 자신들의 나라에 대한 염려와 고귀한 원주민 선조들과 유럽 기독교의 영향을 받아서라고 생각한다.

브라질의 현재와 미래, 리우의 아름다움과 힘을 가장 상징적으로 보여 주고 있는 것이 바로 어린 세탁부 소녀에 대한 묘사다. 아당과 두 지인은 어린 인디오 소녀가 세탁물을 운반하고 있는 것을 보게 된다.

　소녀는 엄청나게 큰 시트 보따리를 짊어지고 가파른 언덕길을 오른다. 깡마른 소녀가 무거운 짐을 지고 조금씩 쉬지 않고 가까스로 가파른 언덕을 올라가는 것을 마을 사람 모두 지켜보고 있다. 바느질하는 여인들과 공사를 하는 인부들 역시, 이 세 사람과 마찬가지로 힘들게 길을 올라가는 소녀를 쳐다보면서 무언의 격려를 보내는 듯하다. 마침내 성실하게 노력하는 소녀는 정상까지 올라가게 되고, 잠시 아름다운 풍경을 내려다보면서 휴식을 취한다. 그러자 분주하게 움직이던 사람들의 손도 일을 멈춘다. 어쩌면 소녀가 믿을 수 없을 만큼 강한 힘을 발휘해서 자신의 임무를 완수할 수 있었던 이유는 이들이 마음속으로 소녀를 돕고 있었기 때문인지도 모르겠다고 아당은 생각한다.

　그리고 인디오·흑인·물라토·크레올족의 여러 특징을 동시에 지니고 있는 소녀의 얼굴에서 아당은 여러 민족의 능력과 재능이 혼합되어서 새로운 모습으로 등장하는 것을 발견한다. 땀방울이 보석처럼 빛나는 소녀의 얼굴에서는 가난한 서민이지만, 브라질의 발전의 밑거름이 되었던 근면함과 성실성 그리고 자신의 일에 대한 자부심과 귀족들의 얼굴에서 찾아볼 수 있는 것과 같은 그런 고상함이 배어 나오고 있다는 것을 알아채고, 아당은 브라질 여인들의 얼굴에서 많은 것을 읽어 낸다.

여인들이 가지고 있는 힘에 대한 묘사는 이뿐만이 아니다. 페드루 2세의 양위 후 군주의 자리를 지키던 그의 딸, 이자베우 공주는 자신의 결단으로 1888년 노예를 해방시켰다. 아당의 설명에 의하면 많은 사람들이 공주가 너무 빨리 노예해방을 실시했기에 왕좌를 지킬 수 없었다고 애석해했다고 한다. 해방된 많은 사람들이 도시로 몰려들면서 많은 빈민들이 생겨났다. 리우가 안전하지 못한 도시라는 명성을 얻게 된 것은 다수 빈민들의 생활이 100년 전과 그다지 달라지지 않았기 때문이다.

이자베우 공주의 이름은 노예해방뿐만 아니라, 코르코바도의 예수상과도 관련되어 있다. 19세기 중반, 산의 정상에 종교 기념물을 세우자는 제안을 처음 받은 사람이 이자베우 공주였지만, 큰 진전을 보지 못하다가 브라질이 공화국이 된 다음 이 제안이 실현되기에 이른다. 프랑스인 조각가가 작품 제작을 담당했기에 프랑스는 또 한 번 브라질에서 자신의 이름을 높이게 된다.

또 한 여인의 이름이 잠시 등장한다. 아마존의 여인, 아름다운 아니타와 이탈리아의 영웅 가리발디의 사랑이야기를 엿볼 수 있는 부분이 바로 그것이다. 아니타는 어린 나이에 결혼을 해서 가정이 있었지만, 가리발디와 사랑에 빠졌으며 그와 함께 여러 번 전쟁터에 섰다. 가리발디에게 승마술을 가르쳤을 뿐만 아니라, 전투에도 참가했던 것이다.

아당의 글에 묘사된 브라질 여인들은 강인하며, 고결하고, 열정적인 모습으로 등장한다. 소녀들에 대한 묘사는 더욱 그러하다. 성당에서 볼 수 있는 어린 소녀들, 학교에서 나오는 소녀들, 주말이면 가족들과 함께 거리로 나와서 즐기는 당차고 건강한 소녀들의 모습에서 신대륙이 가지고 있는 힘을 느끼는 듯하다. 유럽의 엄격하고 숨 막히게 하는 기독교적인 규율이 힘을 미치지 못하는 이곳, 신대륙의 아름다운 자연 속에서 여자들은 아이와 어른을 막론하고 최신 유행의 프랑스식 치장으로 한껏 아름다움을 뽐낸다.

인디오의 강인한 윤곽과 검고 풍성한 머리채로 인해 언뜻 보면 섬세함과는 거리가 있어 보일지 모르지만, 자신들의 아름다움을 잘 알고 있고, 또 최대한 거리낌 없이 자신들의 장점을 잘 드러내 보이고 있어서, 굳이 구시대의 유물인 화려한 보석으로 장식하지 않아도 마치 15세기의 이탈리아 그림에서 볼 수 있는 미인들의 독특한 자태에 버금가는 느낌을 받는다. 이들을 아름답게 꾸며 주는 잠자리 날개 같은 천과 무지갯빛의 드레스는 파리의 재단사들의 영감으로 만들어진 것이다.

이렇게 놀랍게 발전하고 있는 브라질 리우에서 아당은 숨 막히게 아름다운 자연에 시선을 빼앗기면서도, 사람들이 가지고 있는 아름다움을 놓치지 않고 발견하는 자신의 능력으로, 아름다움에 대한 그의 뛰어난 감각으로 사람들의 얼굴, 특히 힘 있고 고귀한 여인들의 얼굴에서 브라질의 미래를 가늠한다. 희망을 본다.

폴 아당 연보

1862 12월 7일 파리에서 출생. 아르투아 지역에서 기업가와 군인 들을 배출한 가문 출신. 부친은 우체국장을 지냈다. 폴 아당 은 파리의 앙리 4세 고등학교(Lycée Henri-IV)에서 학업을 이수했다.

1884 전업작가가 되기 위해 살롱에 자주 출입했으며 거기서 조 리스 칼 위스망스(Joris Karl Huysmans)와 장 모레아스 (Jean Moréas)를 만난다. 『라 르뷔 엥데팡당트』(*La Revue indépendantes*)에 참여했다.

1885 벨기에에서 첫 소설인 『부드러운 살』(*Chair Molle*)을 출간한 다. 그런 다음 아나키스트 잡지들의 변호인인 장 아잘베르 (Jean Ajalbert)와 『르 카르캉』(*Le Carcan*) 지를 만들기 전에 장 모레아스와 『르 생볼리스트』(*Le Symboliste*) 지와 『라 보 그』(*La Vogue*) 지를 이끈다.

1886 폴 아당은 장 모레아스와 함께 『미란다의 집에서의 차』(*Le Thé chez Miranda*)와 『구베르 자매들: 파리의 풍습』(*Les Demoiselles Goubert : mœurs de Paris*)이라는 책을 출간한 다음, 『자신』(*Soi*)이라는 내면적인 소설을 쓴다.

1888 폴 아당은 여러 개의 가명을 사용했다. 그 중 자크 플로베르(Jacques Plowert)라는 이름을 사용하여 『퇴폐적이고 상징주의자인 작가들의 지성에 도움을 주기 위한 작은 어휘사전』(*Petit Glossaire pour servir à l'intelligence des auteurs décadents et symbolistes*)이라는 책을 썼다. 이 책은 소설 『에트르』(*Être*)와 함께 그로 하여금 명성을 얻도록 했다.

(브라질에서 노예제를 폐지한다. 이로 인해 과거 노예들이었던 사람들 상당수가 도시로 이주하다. 빈민지역 파벨라favela가 수도 리우데자네이루에 처음 등장한다.)

1889 폴 아당은 모리스 바레스(Maurice Barrès)의 비서가 된다. 그로 인해 낭시에서 불랑제 장군파의 정치색을 대변하게 된다. 거기서 그는 선거 후보로 나선다. 이들은 불랑제 지지 위원회를 만들고, 신문을 발행했으며, 집회를 조직했다. 유대인 배척자였던 폴 아당은 반反드레퓌스파이기도 했다.

(브라질에서는 토지 소유자들의 쿠데타가 발생해, 브라질 제국이 공화국이 된다. 일명 밀크커피Café com leite 정치*가 시작되었고, 유럽에서 많은 사람들이 리우데자네이루로 이주한다.)

1892 폴 아당은 『라바숄 찬가』(*Éloge de Ravachol*)를 출간하고, 라

---

* 근대화가 이루어지던 시기 커피 생산과 수출로 막강한 경제력을 갖게 된 신흥 부호들이 권력을 독점하고 대통령을 배출했던 과도기의 브라질 정치 체제를 가리킨다.

바숄을 '중요한 희생을 한 개혁가'(Rénovateur du Sacrifice Essentiel)라고 찬미했다.

1893 폴 아당은 모든 사람의 기대를 저버리고, 반군국주의 소설인 『미래 이야기』(Le Conte futur)를 출간한다.

1895 모리스 바레스의 영향 아래 『군중의 미스터리』(Le Mystère des foules)라는 소설을 출간했으며, 『새로운 시대』(Temps nouveaux) 지에 참여한다.

1896 유토피아에 가까운 사회주의 소설 『새로운 심장』(Cœurs nouveaux)을 출간한다.

1897 폴 아당은 뮈동에서 2월 6일에 마르셀 프루스트(Marcel Proust)와 결투를 하는 장 로랭(Jean Lorrain)의 증인들 중 하나가 되다.

1898 수필 『말레이시아에서 온 편지』(Lettres de Malaisie)로 사회주의가 권력으로 변질되었다고 비난하다.

1899~1903 이 시기에 민족주의자들과 함께 투쟁한다. 일련의 공상소설들도 출간하게 되는데 『시간과 삶』(Le Temps et la vie)은 나폴레옹 찬가를 다룬다. 또한 『권력』(La Force, 1899), 『오스테를리츠의 아이』(L'Enfant d'Austerlitz, 1901), 『7월의 태양』(Au soleil de juillet, 1903), 『계략』(La Ruse, 1903)을 출간한다.

(당시 리우는 유럽인들의 이민으로 주민 수가 80만에 이른다.)

1903 마르셀 바티아(Marcel Batilliat)가 『현대의 유명인사』(*les
      célébrités d'aujourd'hui*) 전집에 폴 아당 편을 출간한다.

1904 폴 아당은 북아메리카에 도착한다. 뉴욕, 나이아가라, 피츠버
      그, 세인트루이스, 시카고, 뉴올리언스, 쿠바 등을 방문한다.

1906 폴 아당은 아메리카 여행을 하면서 받은 인상을 『아메리카
      의 경치 또는 새로운 젊음』(*Vues d'Amérique ou la Nouvelle
      Jouvence*)이라는 책으로 출간한다.

1910 『트러스트』(*Trust*)를 출간하고, 거기서 자본주의식 산업을
      공격한다.

1912~13 폴 아당, 브라질을 방문하다. 그는 리우데자네이루, 상
      파울루, '부자도시'인 우로프레토, 산타카타리나, 아마존 강,
      '고무의 도시' 벨렘 등을 여행하였다. 그의 남아메리카 여행
      에는 "여기, 독자들의 눈앞에 4백 년 동안 독특하고 놀라운
      창조의 힘으로 신세계에 지중해 정신을 정착시킨, 라틴의 힘
      이 느껴지는 얼굴들이 나타나도록"하겠다는 그의 포부가 담
      겨 있었다.

1913 『스테파니』(*Stéphanie*)에서 중매결혼에 찬성하는 상당히 기
      이한 변론을 제공한다.

1914~1918 『브라질의 얼굴들』(*Visages du Brésil*) 출간한다. 1914
      년에 발발한 제1차 세계대전 동안 폴 아당은 군대의 사기
      를 올리는 일에 참여했고, **라틴 형제애 지성 연합**(Ligue

intellectuelle de fraternité latine)을 만들었다. 동시에 수필, 소설, 여행기 등 수많은 저작을 출간했다.

1920 1월 1일, 1870년 독일의 파리 침공 당시 얻은 질병의 영향으로 파리에서 사망한다.

작가가 사랑한 도시 시리즈

100년 전 도시에서 만나는 작가들의 특별한 여행 그리고 문학!!

01 플로베르의 나일 강 귀스타브 플로베르 지음, 이재룡 옮김
스물여덟 살의 플로베르가 돛단배로 떠난 넉 달간의 나일 강 여행! 편지로 어머니에게는 나태와 노곤함을, 친구에게는 동방의 에로틱한 밤을 전한다. 훗날 『보바리 부인』에 재현될 멜랑콜리와 권태의 원천이 되는 감각적인 기행문!!

02 뒤마의 볼가 강 알렉상드르 뒤마 지음, 김경란 옮김
1858년, 대문호 알렉상드르 뒤마가 러시아의 변경 볼가 강 유역을 방문한다. 당대 최고의 여행가의 펜 끝에서 펼쳐지는 칭기즈칸의 후예 칼미크족의 유목 생활과 풍습 그리고 그들의 왕성에서 열린 축제까지, 말 그대로 여행문학의 향연이 펼쳐진다!!

03 쥘 베른의 갠지스 강 쥘 베른 지음, 이가야 옮김
코끼리 모양의 증기 기관차를 타고 힌두스탄 정글을 가로지르는 영국군 퇴역대령과 프랑스인 친구들. 성스러운 갠지스 강 순례 도시들의 유적과 힌두교도들의 풍습이 당대를 떠들썩하게 한 세포이 항쟁의 정황과 함께 어우러진 독특한 모험소설!!

04 잭 런던의 클론다이크 강 잭 런던 지음, 남경태 옮김
알래스카 남쪽 클론다이크 강 유역에 금을 찾아 모여든 인간들. 차디찬 설원의 밤, 사금꾼들의 숙박소로 의문의 남자가 피를 흘리며 찾아든다. 야성의 본능만이 투쟁하는 대자연에서 전개되는 어긋난 사랑과 파멸. 섬뜩하면서도 매혹적인 독특한 여행소설!!

05 모파상의 시칠리아 기 드 모파상 지음, 어순아 옮김
프랑스 문단의 총아 모파상은 우울증이 심해질 때마다 여행을 떠난다. 시칠리아에 도달한 그가 마주한 것은…… 고대 그리스 신전과 중세의 고딕 성당, 화산섬 특유의 용암 풍광 등 자연과 예술이 하나 된 곳, 모더니티의 유럽인들이 상실해 가는 지고의 아름다움이었다.

06 뮈세의 베네치아 알프레드 드 뮈세 지음, 이찬규·이주현 옮김
베네치아를 무대로 천재화가이자 도박자 티치아넬로와 베일에 싸인 연인 베아트리체가 벌이는 사랑의 사태와 예술적 영혼들에 관한 성찰! 낭만주의 시인 뮈세와 소설가 조르주 상드의 '빛나는 죄악' 같은 사랑에서 탄생한 한 폭의 바람 세찬 풍경 같은 예술소설!!

07 에드몽 아부의 오리엔트 특급 에드몽 아부 지음, 박아르마 옮김
1883년 10월 4일, 당대 최고의 여행작가 에드몽 아부가 국제침대차회사의 초대로 오리엔트 특급 개통기념 특별열차에 탑승한다. 최신식 침대차의 호화로움과 파리에서 터키, 이스탄불 사이의 여정이 상세하면서도 역동적으로 묘사된 여행 에세이의 백미!!

08 폴 아당의 리우데자네이루 폴 아당 지음, 이승신 옮김
19세기에 이미 전기 설비가 완성된 '빛의 도시' 리우. 폴 아당은 놀라운 속도로 개발되는 도시 외관과 아름다운 자연에 눈을 빼앗기면서도, 브라질 사람들의 순박하면서도 아름다운 생활상을 발견해 내는 아나키스트 작가의 면모를 숨김 없이 보여 준다.

09 라울 파방의 제1회 아테네 올림픽 라울 파방 지음, 이종민 옮김

제1회 올림픽이 열린 아테네에 『주르날 드 데바』지의 특파원 라울 파방이 도착한다. 기자다운 정확성으로 생생히 재현되는 IOC 창설 과정, 근대 올림픽 개최를 둘러싼 갈등, 각종 경기장들의 건립 상황 등 올림픽 뒤 숨겨진 이야기들!!

10 라마르틴의 예루살렘 알퐁스 드 라마르틴 지음, 최인경 옮김

'평화의 도시' 예루살렘. 유대교와 기독교, 이슬람교가 각축한 복잡한 역사를 고스란히 담고 있는 이 성소로 낭만주의 시인 라마르틴이 병든 딸과 여행을 떠난다. 시인의 내면 깊이 간직된 신앙심과 자연에 대한 애정이 이 도시를 바라보는 시선에 그대로 배어 있다.

*〈작가가 사랑한 도시〉 시리즈는 계속됩니다!

지은이 폴 아당(Paul Adam)

1862년 프랑스 파리에서 태어난 폴 아당의 꿈은 작가였다. 당시 유행하던 자연주의와 상징주의를 섭렵하면서 무정부주의적인 성향의 글을 잡지에 싣는 등, 활발히 활동하던 아당은 정치에도 관심을 갖게 되고 『라바숄 찬가』와 같은 이른바 참여적 성격의 글도 저술하게 된다. 18세기 프랑스의 백과전서파적인 아당의 면모가 말해 주듯이 그의 소설은 정치색과는 다르게 에로티시즘이나 공상적인 내용을 담고 있기도 하며, 또 『브라질의 얼굴들』과 같은 기행문 속에서는 신생 공화국 브라질을 따뜻한 눈길로 바라보고 있어 그의 새로운 면모를 발견할 수 있기도 하다. 동시대 작가이자 비평가인 르미 드 구르몽(Remy de Gourmont)은 짧은 기간 동안 수많은 작품을 써낸 아당을 발자크에 버금가는 작가로 칭송하고 있다.

옮긴이 이승신

연세대학교에서 불문학을 전공했으며, 파리1대학에서 미술사와 미학을 공부했고, 이화여자대학교에서 한불 통역을 전공했다. 프랑스 루브르 박물관과 복원연구소에서 인턴십을 했으며, 이후 주한 프랑스 대사관, 프랑스 국립극동 연구소 한국지부 등에서 근무했고 현재 번역 일을 하고 있다.